KB089211

이제부터 나는 나로
살기로 했다

이제부터 나는 나로 살기로 했다

이미경 지음

두드림미디어

프롤로그

시련은 변형된 축복이었다.

아홉수라 불리는 저주, 이것은 삶이 내게 보내는 신호였다.

그것이 주는 의미를 깨닫기까지 나는 인생의 절반에 가까운 시간과 돈을 투자했어야 했다. 삶은 내게 분명, 여러 가지 방법으로 잘 살아주기를 부탁해왔다. 어쩌면, 시련을 넘고 이겨내서 지혜의 열매를 얻기를 바라고 있었는지도 모른다.

그러나 나는 알지 못했다.

이것이 삶이 내게 건네는 소중한 메시지였다는 사실을….

나는 '평범하고 싶다'는 것을 앞세워 고난과 시련으로부터 최선을 다해 멀리 도망치고 싶었다. 삶을 정면으로 바라볼 용기가 없었기 때문일지도 모른다. 삶 속에 박혀있는 고난과 시련의 의미를 깨닫지 못한다면, 그것은 그저 힘듦에 지나지 않는다. 그러나 시련은 피하고 싶다고 피해질 것도 아니며 잠시 피해간 것처럼 보여도, 더 크게 더 아프게 저주처럼 내게 돌아왔다. 나는 고난과 시련 앞에 비겁했고, 무릎 꿇는 비루한 삶을 살아왔다. 이겨내는 삶이 아니라, 최선을 다해 도망치는 삶이었으므로 고난과 시련은 내게 깨달음과 지혜를 주고자 반복적으로 찾아왔고, 삶 속에 깊숙이 들어와 똬리를 틀었다.

책 쓰기를 시작하면서 나는 엄청난 것들을 알게 됐고, 경험하게 됐다. 내 삶에서 벌어진 많은 시련의 이유와 의미, 목적 또한 이해할 수 있었다. 생각이 바뀌니, 삶 또한 달라졌다. 정확히 말하자면 삶을 대하는 나의 태도가 달라진 것이라고 해야겠다. 마치 다른 세상의 삶을 살고 있는 듯한 느낌이었다. 책은 내 삶을 재정비해주었고, 인생 후반전을 멋지게 살아갈 수 있는 목표와 방향을 제시해주었다. 책을 쓰는 내내 '살면서 이렇게나 삶에 대해 감사하고 명확했던 적이 있었던가?'라는 생각이 들 정도로 가슴 벅차고 행복한 시간이었다. 내 책을 읽는 많은 사람들이 삶이 주는 고난과 시련의 끝에서, 이 책의 어느 한 구절을 읽고 다시 힘을 내어 살아가고픈 희망과 용기의 작은 불씨를 태우기를 소망한다.

이 책이 완성될 수 있도록 도와주신 한책협 김태광 대표님과 위닝북스 권동희 대표님께 깊은 감사의 마음을 전한다. 아울러 나의 영적 지킴이가 되어주신 삼선궁(三仙宮) 태선(太仙) 어머니께 감사와 사랑을 전하고, 책 쓰기를 포기하지 않고 완성할 수 있도록 힘과 용기가 되어준 권은겸 작가에게 감사함을 전한다.

이미경

CONTENTS

1장

나는 전생에 어떤 죄를
저질렀을까?

나는 전생에
어떤 죄를 저질렀을까?

오래전부터 나의 전생에 관해서 궁금한 것이 참으로 많았다. 그 궁금증은 삶에 시련이 찾아올 때마다 더욱더 커져만 갔다. 누구나 한 번쯤은 "저 사람은 전생에 나라를 구했나 봐" 또는 "저 사람은 전생에 나라를 팔아먹었나 봐"라는 말을 들어 봤을 것이다. 전자의 경우는 현생에 충분히 복을 받아서 부귀영화를 누리고 있는 사람들에 관한 이야기일 테고, 후자의 경우는 하는 일마다 풀리는 게 없고, 시련이 꼬리에 꼬리를 물고 따라오는 사람들의 이야기일 것이다. 이것을 불교에서는 업(業)이라고 한다.

업(業)은 본래 '행위'를 의미하는 중립적인 단어다. 좋고 나쁨으로 이야기할 수 없는 것이다. '전생에 나라를 구했다'라는 것은 현생에는 이렇다 할 선행은 없지만, 전생의 선업(善業)으로 인해 현생에 부귀영화를 누리는 것이고, '전생에 나라를 팔아먹었다'라는 것은 현생에 선행을 베푼다고 할지라도 전생의 악업(惡業)으로 인해 평탄한 생을 이루지 못하는 것이다. 이렇게 전생에서 현생으로 이어지는 것을 바로 업보(業報)라고 한다. 이 업보 중에서 먼저 이야기했던 악업이 초래해서 문제로 발현되는 것이 바로 업장(業障)이다. 쉽게 이야기하면 남을 음해하고 비난하는 것은 악업이며, 그로 인해 누군가가 고통을 당했다면 그것은 업장이다. 업장 소멸이란 말을 들어 보았는가? 업장 소멸은 말 그대로 업장을 멸하는 행위다. 이것의 방법은 선업을 반복해서 쌓아 업장을 상쇄하는 것이다. 음해와 비난으로 누군가를 고통에 빠트렸던 사람이 그것을 반성하고 잘못을 깨우쳐서, 칭찬과 긍정의 언어로 남과 나아가 세상에 선한 영향력을 실천하며 살아간다면 그것이 업장 소멸인 셈이다.

그러면 나는 왜 전생에 죄를 저질렀다고 생각하며 살았을까? 그것은 내가 살아온 삶이 대변해주고 있다. 나는 아마도 전생에 엄청난 악업을 저질렀을 것이고, 그것이 첩첩이 쌓여 업장으로 이어졌을 것이라고 생각한다. 나는 9살 때 이복동생을 보게 됐고, 19살에는 만취해서 귀가하시던 아버지가 길 위에서 유명을 달리하셨다. 29살에는 불임 판정을 받았고, 아이를 입양했다. 39살에는 어머니를 보내드렸고, 마침내 나는 싱글맘이 됐다. 49살이 되어 이제 조금 숨이 쉬어지나 했을 무렵, 모아놓은 전 재산에 가까운 돈을 사기 당했다. 이쯤 되면 나의 업장은 두터워도 너무 두터운 것이 아닐까 싶다.

가끔은 답답한 마음에 타로카드라는 서양 점을 보기도 했고, 여기저기

영험하다는 만신들을 찾아다니기도 했다. 그들의 말을 어디서부터 어디까지 믿어야 할지, 아니면 버려야 할지…보면 볼수록 머리가 명쾌해지기는커녕 복잡함만 더했다. 그래도 나의 전생에 관한 그들의 말에 일맥상통하는 것이 있었다. 그들이 들려준 이야기 중 내가 기억하고 있는 내용들은 대강 이렇다. 나는 전생에 인도의 고승으로 살았던 때가 있었고, 그때 나는 자신만의 진리를 찾아 가족을 버리고 홀연히 출가했다고 한다. 조선시대의 나 또한 풍류를 즐기고 신변잡기에 능했던 한량으로, 정인을 배신하고 다른 사람의 아내를 빼앗았단다. 또 한때는 프랑스에서 빵집을 운영하는 욕심 많은 여자로, 소싯적 은혜를 베풀어준 적이 있는 배고픈 친구와 그의 가족을 매몰차게 내쳤다고 한다. 이 정도라면 전생에 정말 악업이 쌓여도 아주 겹겹이 쌓였던 것이 맞는 것 같았다. 하지만 악업만 있었던 것은 아니다. 그중에 약간의 선업도 있었다. 나는 유관순 열사의 친구로 살았던 적도 있었다고 한다. 그녀와 동시대에 존재하면서 나는 적극적인 독립운동가로 활동했던 것은 아니어도, 태극기를 제작하고 밥을 해주는 것 따위를 도왔던 사람이었단다. 이 대목이 안타깝다. 나도 유관순 열사처럼 적극적으로 독립운동에 참여했어야 한다. 그랬더라면, 나의 현생은 전생의 선업으로 조금은 편안하게 누리는 삶이 아니었을까 하는 생각이 든다.

가만히 생각해 보면 전혀 근거 없는 말은 아닌 듯하다. 나는 명상과 자아성찰을 좋아하며, 마음이 복잡하고 심란할 때면 마음이 끌리는 사찰에 다녀온다. 이는 나의 루틴이다. 나는 태극문양을 좋아하고, 심지어 오행(목화토금수)도 좋아한다. 언제부터인지는 모르겠지만, 바느질로 가방 따위의 소품을 만드는 것도 평균 이상으로 잘한다. 그리고 커피와 음악, 음주도 제법 좋아한다. 참으로 놀랍다. 나는 전생을 기억하지 못하지만, 내 잠재의식은 전생에서 했던 것들을 기억하고 있었던 게 아닐까 싶다. 내가 좋아하고 행하는 모든 것들이 전생의 기억이라니….

불교나 힌두교에서는 업보를 '카르마'라고 부른다. 카르마는 업보인 것과 동시에 인간의 정신적인 의지와 같은 것이라고 한다. 이 우주 자체는 카르마에 의해 이루어졌고, 원인과 결과를 통해 우주의 모든 현상체제가 만들어졌다고 한다. 온 우주와 대자연은 필연적인 카르마로 연결되어 공존하고 있다고 해도 과언이 아닐 것이다. 모든 물질과 비물질, 인간과 동물, 식물과 공기, 바람과 구름조차도 카르마에 의해 존재하고 움직인다. 카르마는 제한과 구분이 없고, 시공간도 넘어선다. 그것은 여러 가지 형태로 나와 우주 그리고 또 다른 차원 속에서 공존한다. 이것을 한마디로 정리해놓은 말이 있다. '나는 육체적 경험을 하는 영적인 존재다'라는 말이다. 영적인 존재인 나는 전생의 카르마, 즉 업보를 현생에 설계해놓았으며, 지금의 나 '이미경'이라는 육체적 존재는 내가 기억하지 못하는 전생의 과업을 수행하며 살아가고 있는 것이다.

내 삶은 굽이굽이 우여곡절이 너무도 많았다. 그러면서도 '왜? 도대체 왜 나한테 이런 일이…'를 반복하며, 자책하고 자존감을 무너트렸다. 때로는 나를 세상에 내놓은 부모님을 원망하고, 아무리 기도하고 빌어도 구원의 손길을 내리지 않는 신조차도 원망했다. 그러나 조금 더 일찍 전생과 현생으로 이어지는 카르마를 제대로 이해했더라면, 내 삶을 의문투성이인 채로 살게 두지 않았을 것이다.

이제부터가 중요하다. 나의 과거는 시련과 불행의 연속이었으나, 나의 미래는 다르다. 나는 카르마를 완벽히 이해했고, 그간 나의 삶은 헛되지 않았다. 나의 현생에는 누군가를 책임지는 삶도 있었고, 지금의 직업인 보험설계사 또한 어찌 보면 위기와 재난으로부터 사람들이 대비하도록 하는 일이니, 이 또한 선업으로 과업을 수행 중인 셈이다. 나는 현재를 넘어 미래와 다른 차원의 삶을 존중한다. 현생이 다음 생과 다른 차원으로 연결되어 있음을 누구보다 잘 알고 있기에 내 삶의 목적과 목표를 알게 됐고, 과업인 사명 또한 깨달았다. 내가 이번 생에 지구별로 오게 된 이유와 이곳에서 나의 사명이 반드시 존재할 것이다.

나는 더 이상 내 삶과 연결된 누구도 원망하지 않는다. 내 삶의 주체는 영적인 나이므로 내가 주인이 된다. 누구에 의한, 누구로 인한 시련과 불행이 아니었다. 고통 또한 누군가 내게 넘겨준 것이 아니다. 나는 나의 세상에서 나의 삶을 사는 것이고, 카르마로 연결된 그들도 그들의 세상을 사는 것이다. 이것으로 내가 지금을 잘 살아야 하는 이유는 충분하다.

'나는 전생에 어떤 죄를 저질렀을까?'에 대한 질문을 바꿔본다. '나는 다음 생에 어떤 삶을 살고 싶은가?', 답은 그 안에 있었다.

아홉수라 불리는 저주,
그리고 나

사람들이 아홉수를 많이 이야기하는 것에는 그럴만한 이유가 있다. 사주명리나 역술을 잘 모르는 사람일지라도 아홉수에 관한 이야기를 한 번쯤은 들어 봤을 것이다. 그 이유는 실제로 아홉수에 많은 사람의 삶에 문제가 발생했기 때문이다. 아홉이란 숫자는 10이라는 완성된 숫자가 되기 직전의 상태를 말한다. 즉, 완성 이전 마지막 순간을 기다리는 지독한 시련과 같은 의미다. 아홉수는 우리나라에서 '완성을 눈앞에 두고 삐끗하다', '다 된 밥에 코 빠뜨리다'와 같은 의미로 쓰이기도 한다. 과거 우리 조상들은 10진법을 사용했기 때문에, 그들에게 9는 매우 불완전하고 조심스러운 숫자였을 것이다.

신학에도 아홉수의 시련이 나타난다. 모든 아홉수 중에서도 가장 영향력이 크다고 하는 숫자 29에 관련한 시련들을 살펴보면 이렇다. 예수는

29살까지 깨달음을 얻기 위해 인도와 티베트에서 고행의 길을 걸었고, 34살의 나이에 십자가에 매달리셨다. 부처는 29살에 목숨을 건 고행을 시작했고, 35살에 해탈을 얻었다. 공자는 29살까지 깨달음을 얻어 30살에 자신이 어찌 살아가야 할지 뜻을 세웠다고 한다. 윤동주는 예수 그리스도를 교훈으로 삼아, 29살이라는 젊은 나이에 이국 땅 차디찬 감옥에서 대한 독립을 소망하며 순교했다. 점성학에서도 29와 시련의 관계를 찾을 수 있다. 점성학에서 토성은 고난과 시련을 의미하는 행성으로 냉정한 성질을 가졌으나, 자신에게 주어진 시련을 현명하게 받아들이고 극복해야 한다는 의미 또한 가지고 있다. 그리고 토성의 공전주기는 대략 30년으로, 토성에게 29는 목전까지 차오른 시련을 의미하기도 한다. 그러나 이 시련과 부담을 잘 극복하면, 토성은 그 진면목을 발휘해 공정하고 확실한 성취를 가져다주기도 한다.

나의 아홉수는 저주와도 같았다. 9살의 나는 아버지의 잘못된 선택으로 태어난 이복동생의 존재를 알게 됐다. 당시 동생의 나이는 나와 1살도 채 차이 나지 않았다. 동생의 존재를 알게 된 나의 어머니는 아들을 낳지 못한 죄로, 혼외자인 동생을 받아들일 수밖에 없었을 것이다. 그때는 그랬다. 남아선호사상이 팽배했던 때이기도 했고, 어머니는 나를 겨우 8개월 만에 어렵게 출산하시면서 출산 과정에서의 문제로 더 이상의 출산은 어려운 상태셨다.

19살의 나는 아버지의 갑작스러운 사망으로 엄청난 혼란에 빠졌다. 아버지의 죽음으로 많은 것을 잃었고, 또 많은 것이 달라졌다. 당시 아버지는 부동산 개발업을 하셨다. 남다른 사업수완과 정보력으로 이곳저곳에 적잖은 땅을 소유하고 계셨고, 나는 이복동생과 함께 살아야 한다는 부담 빼고는 별다른 부족함 없는 유년 시절을 보냈다. 어머니는 최대한 나의 모든 것을 해결해주려 하셨고 유달리 병약했던 나는 과할 정도의 보호를 받으며 살았다. 지금에 와서 생각해 보면 이 또한 어머니의 집착이었을 것이다. 가장의 사망은 미망인에게 충격과 슬픔을 넘어, 세상과 맞서 지켜야 할 것들이 엄청나게 많아졌다는 의미이기도 하다. 줄 사람은 없고, 받을 사람만 많아지는, 위로와 도움을 가장한 접근으로 무엇이든 빼앗으려는 사람들만 줄을 서는 것이다.

29살의 나는 출산도 없이 10살짜리 남자아이의 엄마가 됐다. 나는 20살에 결혼을 했으나 아이가 생기지 않았다. 출산에 대한 스트레스는 이만저만이 아니었고, 만나는 사람마다 임신 소식을 묻고, 명절 때마다 시댁에 가는 것 또한 커다란 스트레스였다. 임신에 좋다는 것들은 모두 먹어 봤고, 줄줄이 아들만 셋을 낳았다는 여자의 고쟁이까지 공수해왔다. 삼신할머니께 정성을 들여야 한다는 만신의 말에 삼신굿도 했다. 모두 소용없는 일이었다. 나는 의학적으로 임신과 출산이 어려운 몸을 가진 사람이었고, 결국 남편과 시어머니를 오래 설득한 끝에 입양을 결정하게 됐다. 남들은 나의 입양 이야기를 들으면, 아기가 아닌 다 큰 아이를 입양한 것에 의문을 품는다. 지금은 이 또한 훗날을 대비한 내 어머니의 선견지명이 아니었을까 생각한다.

나의 부모님은 오랜 기간 시설에 개인 후원을 하고 계셨다. 아버지가 돌아가시고도 어머니의 후원은 계속됐다. 후원하는 아이가 성인이 되면 후원이 종료되는 방식으로, 내게 입양된 아이는 아버지가 돌아가시고 시작된 두 번째 후원 아동이었다. IMF로 나라가 어려워지자 기업들은 줄지어 도산했고, 복지시설 또한 예외는 아니었다. 아이가 있었던 시설도 후원이 동결되고 더 이상의 운영이 어려운 실정이 되자, 후원자들을 시설로 초대했다. 그때가 나와 아들의 첫 만남이었다. 똘망똘망한 눈을 가진 사내아이, 수줍어서 그런 것인지 말을 거의 하지 않고, 묻는 말에는 그저 웃음으로 표현하는 그런 아이였다. 꼭꼭 눌러쓴 듯한 정성스러운 손편지를 전달하는 작고 통통한 손과 공손한 발… 명치끝이 저리다는 기분을 이때 처음 느꼈다. 집으로 돌아와 오래도록 그 아이의 손과 발이 눈에 밟혔다. 이것을 운명이라고 해야 하나? 내 어머니의 적극적인 강행으로 남편과 나는 입양을 결정했고, 서류 절차와 교육을 거쳐 그렇게 나는 10살 남자아이의 엄마가 됐다.

39살, 나는 세상을 잃었다. 내 어머니가 돌아가셨다. 그리고 나는 싱글맘이 됐다. 어머니가 돌아가셨다는 것은 내게 있어 지구에서 공기가 사라져버린 것과 같은 의미였다. 숨을 쉴 수가 없었다. 잠을 잘 수도, 밥을 먹을 수도 없었다. 나는 그때 살아 있다고 할 수도 없는 상태였다. 상실에 빠져 고통스러워하는 나를 남편조차 돌봐주지 않았다. 세상은 낮에도 밤이었고, 밤에는 더 큰 어둠과 한기가 찾아왔다. 여러 차례 사업 실패를 거듭했던 남편은 내 어머니의 도움으로 겨우 부도를 면하게 됐고, 우리 부부는 어머니의 집에서 함께 살기 시작했다. 남들이 보기에는 친정엄마를 모시고 사는 착한 딸과 사위로 보였겠지만, 사실은 어머니께 얹혀사는 입장이었다. 당시 남편에게는 처가살이가 시작된 셈이었을 것이다. 그런 상황이다 보니, 입양을 결정했을 때도 남편은 크게 반대할 입장이 아니었을 것이다. 그러니 남편 입장에서 어머니의 사망은 숨 막히던 처가살이가 마침내 종료된, 그런 기분이었을 것이다.

나는 극심한 공황에 시달렸다. 밤마다 짐승처럼 울부짖었다. 내 옆에 시험관 시술을 통해 겨우 얻어 돌봐야 할 어린 딸이 있다는 사실조차 인지하지 못할 만큼 무기력했고, 몸도 마음도 만신창이가 됐다. 친구의 도움이 아니었다면, 나는 그때 죽었을 목숨이었다. 친구의 도움과 뼈 때리는 조언으로 나는 겨우 어두운 죽음의 터널에서 벗어날 수 있었다. 그리고 나니 세상이 달라 보였다. 마치 어제 봤던 세상과 다른 세상 같았다. 집도 사람도 나무도 다 그대로인데, 공기가 달라졌다. 숨이 쉬어졌다. 그리고 정신이 번쩍 들었다. 내 안에서 누군가가 말하고 있었다. '살아야 한다. 살아남아야 한다.

평생을 어머니께 의존하는 삶을 살았다. 혼자서 무언가를 결정했던 것은 결혼밖에 없었다. 그 또한 잘 살지도 못했다. 나 자신이 부끄러웠고, 반성하는 마음도 들었다. 그때 나는 이기적인 나의 마음을 발견했다. 내가 슬픈 이유는 무엇이었을까? 어머니께 좀 더 잘해주지 못한 것에 대한 안타까움이었을까? 아니었다. 나는 이제부터 모든 것을 혼자서 선택하고 결정하며 스스로 해결해야 하는 삶이 불편했고 두려웠던 것이다. 이를 깨닫고 난 후, 나는 부부의 의리를 저버리고 자신의 세계로 떠난 남편과도 소송을 시작했다. 그리고 그때부터 본격적인 싱글맘으로서 내 삶이 시작됐다.

49살, 싱글맘 10년 차다. 앞만 보고 뛰어왔다. 나를 지키고 내 아이들을 지키는 길이었으니 뒤로 갈 수가 없었다. 선택의 여지없이 앞으로만 내달렸다. 모든 것이 처음이었지만 타고난 빠른 습득과 적응력으로 스스로도 놀랄 만큼 잘 살아가고 있었다. 남다른 밝은 에너지와 긍정적인 사고로 빠르게 성장했고, 업무에서도 인정받고 있었다. 나는 못하는 게 아니라 해본 적이 없어서 못 하는 사람이었다는 것을 알게 됐다. 어느새 큰아이는 결혼했고, 불임의 난관을 극복하고 시험관 6회 째에 극적으로 성공해 얻은 딸아이는 고등학생이 됐다. 이대로 커다란 사건 없이 잘 흘러간다면, 딸아이를 대학에 보내고 독립시키고, 나의 노후를 차분히 준비해 가겠다는 안정적인 계획도 있었다. 가진 것 하나 없이 10년 동안 아이들을 가르치고, 내 집을 마련하고, 종잣돈으로 1억을 모았다면, 얼마나 열심히 일하고 아껴가며 살았겠는가? 운도 좋았지만, 나 스스로가 대견스러웠다. 이렇게 열심히 살 수 있었던 것에는 지켜야 할 소중한 아이들이 있었기 때문이 아니었을까 싶었다.

그러나 세상에 내 것은 없어야 하는 것일까? 아니면 나는 편하게 좀 살면 안 되는 것이었을까? 갑자기 연락이 두절됐던 이복동생이 거지꼴을 하고 나타났다. 핏줄이라는 대목에서 나는 늘 약해진다. 머리로는 수없이 거절했지만, 나의 몸은 이미 무언가를 하고 있었다. 최소한 먹고살게는 해줘야겠다는 생각에, 벌어서 갚겠다는 말 한마디로 돈이 건너갔다. 그리고 얼마 후 사업을 시작한 지인에게서 투자를 제안받았고, 안정적인 수입의 파이프라인이 필요했던 나는 무엇에 홀리기라도 한 듯 남아 있던 5,000만 원을 모두 털어 넣었다.

나간 돈은 절대 내가 필요한 때 돌아오는 법이 없다. 이 사실을 미리 알았더라면… 그렇게 나는 둘 다에게 한 푼도 돌려받지 못했다. 동생은 자립하지 못했고, 지인은 망했다. 나는 절망했고 또다시 공황이 찾아와 불면의 밤이 지속됐다. 술에 의존해 잠을 자는 습관도 생겼다. 이러다 죽을 수도 있겠다는 공포가 밀려왔다. 딸아이는 고3이 됐고, 코로나바이러스로 인해 매출은 바닥을 치고 있었다. 내 삶은 또다시 바닥으로 내려갔고, 빚도 점점 늘어났다. 그래도 나는 살아 있었다. 아니, 살아냈다.

아홉수마다 정말 많은 사건이 있었다. 그때마다 나를 일어서게 한 것은 가족이었다. 내 아이들과 나를 진심으로 아끼는 사람들이었다. 그러나 나는 내 발등에 붙은 불이 급했고, 내 아픔이 전부여서 고마움조차 제대로 표현하지 못하고 살았다. 감사함이 없었던 삶, 그것이 나의 불행을 계속 끌어당기는 것이었을 수도 있겠다. 하지만, 지금의 나는 달라졌다. 앞으로의 내 삶은 생명의 은인과도 같았던 내 아이들과 친구들, 그리고 어머니를 대신해 나를 안아주고 다독여주셨던 어머니의 도반(道伴)과 멘토에게 은혜를 갚는다는 생각으로 살아갈 것이다. 나는 이제 그것이 기쁨이고, 충만함임을 알게 됐다.

시련은 앞에 있고 감사는 내 뒤에서 나를 지킨다. 그들은 모두 사랑이었고, 나를 지켜주기 위해 곳곳에 배치된 수호천사였다. 악인은 때로 아주 가까운 곳에서 선인의 모습으로 내 삶 깊숙이 배치된다. 하지만, 괜찮다. 나의 삶 속에는 현생으로 오기 전 곳곳에 배치해놓은 수호천사도 존재하기 때문이다. 그들은 아군이다. 그리고 내가 미처 알지 못했던 것은, 선과 악이 그 차원과 에너지의 파장이 다르다는 사실이었다. 좀 더 높은 선의 차원에 나의 의식을 뒀다면, 낮은 악의 차원에서 반복적으로 넘어지는 일은 없었을 것이다.

시련은 더 이상 고통이 아니다. 시련도 결국은 전생에 내가 배치해놓은 허들과 같다. 내 삶의 근육을 조금 더 단단하게 만들어줄 삶의 재료임을 나는 알게 됐다. 나는 더 이상 아홉수가 두렵지 않다. 준비된 자에게 시련은 고통이 아니라 축복이기 때문이다.

나조차 나를
사랑하지 않았다

내가 태어난 스토리에 대해 알게 된 것은 초등학교를 막 들어간 시점이었다. 나의 외가는 유달리 가족 간의 결속력이 좋았다. 외할머니와 이모들은 그래도 형편이 좀 나았던 우리 집으로 이따금씩 모였고, 아버지도 그런 분위기를 좋아하셨던 것 같다. 8남매 중 어머니는 눈 감고도 데려간다는 셋째 딸이었고, 내가 보기에도 자매들 중 재주나 인물도 어머니가 제일 나았던 것 같다. 그런데 찬바람이 불기 시작하던 어느 날, 이모들과 이종사촌 아이들이 집으로 몰려왔다. 아이들은 이 방 저 방 몰려다니며 놀았지만, 유난히 병약했던 나는 어머니 옆에 꼭 붙어서 잠이 들고는 했다. 졸려서가 아니다. 나는 사촌들에게 아끼는 장난감을 양보하는 것도 싫었고, 밖으로 나가서 뛰어다니는 것은 더욱 싫었다. 그래서 나는 더 아픈 척, 졸린 척을 하며 어머니 옆을 떠나지 않았다. 그때 나는 이모들과 어머니의 대화 속에서 충격적인 말을 듣게 됐다.

"언니, 그 오빠 소식 들었어?"

"누구?"

"언니 정혼자…."

어린 나는 귀를 의심했다. 정혼자? 아버지의 이야기가 아닌 것은 분명했다. 이모들이 아버지를 형부가 아닌 정혼자로 표현한 적은 없었기 때문이다. 귀를 쫑긋 세웠다. 어머니가 자는 나를 잠시 의식하시는 것이 느껴졌다. 나는 그저 눈을 꼭 감고 숨을 죽이고 있었다. 어머니와 이모들은 이야기를 이어 나갔다.

"그 오빠 서울 아가씨랑 결혼한다더라. 언니가 형부랑 그렇게 결혼하고, 그 오빠 외국으로 나갔었나 봐."

엄마는 별다른 대꾸가 없었다.

"돈 많은 집 아가씨라던데?"

엄마는 영혼 없이 답한다.

"그래? 잘됐네…."

분위기로 봐서 엄마는 더 이상 이 대화를 하고 싶지 않은 눈치셨다. 내 생각에는 다섯째 이모가 그 오빠를 아니, 그 아저씨를 형부인 아버지보다 좋아하는 것 같았다. 이모가 잠든 척하고 있는 나를 가리키며 말했다.

"쟤만 아니었어도…."

모두가 침묵했다. 그 이후의 대화 내용은 잘 기억이 나지 않는다.

내 아버지와 어머니는 거래처 직원과 경리로 만났다고 한다. 외할아버지께서는 목재업을 하셨고, 셈이 빠르고 똘똘한 어머니는 할아버지의 사무실에서 경리를 맡고 계셨다. 어머니는 아버지를 만났을 당시, 집안끼리 결혼이 약속된 정인이 있으셨단다. 그런데 그런 어머니를 아버지가 보쌈하신 것이다. 그리고 그 하룻밤에 만들어진 아이가 바로 나였다. 그렇게 어머니는 나를 임신한 채로 아버지를 따라 타지로 떠나셔야 했단다. 당시 혼전 임신은 집안의 수치였을 것이고, 깐깐하셨던 외할머니께서 그런 어머니를 그냥 봐주셨을 리 없었다. 내가 본 어머니와 아버지의 결혼사진은 내가 태어난 이후에 찍은 사진이었다고 한다. 사진 속 외할아버지와 아버지는 웃고 계셨지만, 어머니와 외할머니의 표정은 아주 어두우셨다. 어렵게 난산으로 아이를 낳고 젖도 제대로 못 물리는 어머니를 안타깝게 보신 할아버지께서는 조용히 내 이불 밑에 돈봉투를 두고 가셨다고 한다. 애는 굶기면 안 된다고 하시며, 나중에 크게 될 아이라면서, 이름과 아호까지 지어주셨다고 한다. 내 이름은 외할아버지께서 친히 지어주신 이름이다. '이미경당(堂)' 어릴 적부터 나는 '미경당'으로 불렸다. 나도 내 이름이 미경

당인 줄 알고 자랐다. 지금도 어릴 적 나를 기억하는 분들은 나를 미경당으로 부르신다.

나의 마음속 어딘가에는 나도 모르는 죄책감 같은 것이 숨어 있다. 내 어머니의 발목을 잡고 태어났고, 아들이 아닌 딸로 태어나 어머니에게 혼외자를 받아들일 수밖에 없는 아픔을 겪게 했다는 것. 그것뿐인가? 병약하고 까칠해서 늘 어머니의 손이 많이 가는 아이였다. 나는 자라는 동안 내내 어머니를 긴장시키는 존재였다. 내가 하는 모든 행동을 누구도 뭐라 하지 않았다. 나는 겉으로 드러나는 문제아는 아니었기 때문이다. 나는 그저 조용히 나만의 세상에 빠져 아이들과 섞이지 않았을 뿐이며, 나의 시간은 다르게 흐르고 있었다. 나는 무엇을 먹을까, 무엇을 입을까, 또 무엇을 할까 하는 고민 같은 것은 할 필요도 없었다. 어머니가 나의 모든 생활 속에서 나보다도 나를 더 잘 챙기고 계셨기 때문이다. 어차피 내 생각 따위는 드러낼 필요도 없었다. 내 생각을 이야기한다 해도 별로 달라질 게 없었기 때문이다. 특별히 내세울 것도 잘하는 것도 없었던 아이였음에도, 이런 나를 어머니는 늘 최고라고 말씀하셨다. 아니, 최고로 만들고 계셨다는 것이 맞는 말일 게다. 그때는 그것이 숨이 막힐 정도로 싫었을 때도 있었다.

내 어머니의 사랑은 사랑이라기보다 집착에 가까웠다. 그 집착은 아버지가 돌아가시고 더욱 심해졌고 그때는 그것이 사랑이라고 생각했다. 어머니도, 그리고 나도…. 그러나 그것은 사랑이 아니라 지독한 집착이었다. 어머니는 나에게라도 집중해야만 살아갈 수 있었을 것이다. 39살의 내가 그랬던 것처럼 그때의 어머니는 그렇게 해서라도 살아내야 하셨을 것이다.

우리는 집착이란 것이 잘못된 사랑의 변형임을 서로 알지 못했다. 그래서일까? 나는 사랑을 하는 법을 몰랐다. 어머니의 삶으로 학습이 되어버린 탓으로 어머니처럼 사는 것이 진정한 사랑이라고 자연스럽게 받아들이게 된 것이다. 사랑하는 법을 모르는 내가 누군가를 사랑할 수 있었겠는가? 그렇게 나는 나 자신조차 사랑하지 못하는 미성숙한 어른으로 성장했던 것이다.

남편을 만나게 된 것도 그랬다. 일종의 도피와 같았다. 어른으로 자아가 성장해가는 과정인 사춘기조차도 내게는 없었던 것 같다. 차근차근 어른이 됐어야 했다. 마침내 20살이 된 나는 어른이 됐다고 생각했으나 아니었다. 이제는 내 삶을 내 마음대로 결정하고 살아도 된다고 생각했으나 나는 나이만 20살인 아이였다. 그때의 나는 일생일대의 일탈을 저질렀다. 그것은 바로 남편과의 결혼이었다. 사랑이라는 것을 제대로 알지도 못하고, 나 자신조차 사랑하지 못하는 내가 옳은 사랑을 선택했을 리가 없었다.

결혼은 삶의 도피처가 아니었고 나의 미성숙한 시간 속에서 남편도, 나도 모두가 피해자였다. 그때의 내가 지키고 싶었던 것은 자존감이 아니라,

자존감이 배제된 자존심이었다. 내 선택과 결정을 부정 당하는 게 싫었던 고집과도 같았다.

　이제는 나도 알고 있다. 그리고 그때의 어머니가 보여주신 사랑의 방법도 이해했다. 내 어머니에게는 나를 지켜주는 것이 당신을 지키는 것과 같은 의미였음도 알게 됐다. 그래서 여전히 그립고, 사랑한다. 그리고 나는 지금 이대로의 나도 사랑하게 됐다.

익숙하지 않은
엄마놀이

엄마가 되는 일보다 어려운 것은 엄마로 살아가는 일이다. 임신에서 출산까지의 과정은 열 달 남짓이다. 엄마가 되는 시간에 비해 엄마로 살아가는 시간은 얼마나 오랜 시간일까? 계산해 보지 않아도 실로 어마어마한 시간이 필요하다는 것을 알 수 있다. 초등학교, 중학교, 고등학교를 거쳐 대학 4년, 거기에 취업할 때까지도 돌봄이 필요하고, 결혼을 시킨다고 해도 끝은 아니다. 이제는 할머니라는 두 번째 타이틀까지 얻게 된다. 배 아파 낳는 과정을 1년으로 친다면, 돌봐줘야 하는 시간은 30년 아니, 40년도 될 수 있다. 자식을 세상에 내놓고 엄마라는 이름으로 살아가는 것은 엄청난 시간과 노력, 그리고 한숨과 눈물이 필요한 것이다. 이 세상 모든 엄마들은 그렇게 사셨다. 당신은 뼛골이 빠져도, 자식이 아프면 감기조차 대신하고 싶은 것이 어머니의 마음이다. 당신은 남모를 눈물을 한 바가지씩 쏟을지언정, 내 자식 눈에서는 눈물 한 방울도 허락하고 싶지 않은 것이 엄마다. 그리고 나도 그 세상에 속한 엄마다.

　나의 엄마놀이는 시작부터 매우 어렵고 특별했다. 나에게는 출산도 어려웠고, 10살짜리의 엄마로 살아가는 일 또한 만만치 않았다. 그래도 그때는 어머니가 곁에 계셨다. 나는 나이만 먹었지, 경제적으로 또 사회적으로도 어머니로부터 독립을 못 하고 살아가는 처지였다. 나는 독립의 의미도 필요성도 못 느끼며 살았지만, 이제 와서 생각해 보면 독립을 안 한 것이 아니라 못 한 것이라고 해야 맞을 것이다. 어머니는 무엇이든 척척 잘해내셨다. 시간의 간격은 있었지만, 어머니께서는 이미 오래전 경험하셨던 일들이라 그런지, 언제 어떤 일들이 벌어질지 또 무엇이 필요할지를 이미 다 알고 계신 듯 빈틈이 없으셨다. 나는 어머니의 완벽주의 성향을 힘들어하면서도 한편으로는 그런 삶의 패턴에 익숙해서인지 그 생활이 편하기까지 했다.

　아이를 처음 집으로 데려왔을 때 겨울이 시작되고 있었다. 얼마 후면 크리스마스 시즌이라 아이가 쓸 방에 작고 예쁜 트리도 만들어 놓았다. 가구나 침구도 남자아이에 맞게 푸른 계열로 마련해뒀다. 어머니께서 미리 준비해두신 백과사전까지 방의 주인을 기다리고 있었다. 아이가 왔다. 그사이 조금 자란 듯했다. 미리 준비해준 옷을 입고, 머리도 깔끔하게 스포츠머리를 하고 있었다. 여전히 처음 만났을 때 내 눈에 밟혔던, 통통한 손과 공손한 발, 또 한 번 찌릿, 명치끝으로 무언가가 매달렸다. 인연이 될 것을 한눈에 알아본 것일까? 말로는 표현하기 어려운 이상한 감정이었다.

아이가 다니게 될 학교와 동사무소에도 이런저런 서류들을 접수했다. 함께 먹게 된 첫날의 저녁 식사에 어머니는 진수성찬을 차려내셨다. 갈비에 생선에 잔칫상이 따로 없었다. 어머니는 아이의 첫 번째 생일상이라고 하시면서 저녁 식사 내내 고봉으로 떠준 아이의 밥 위에 많은 음식을 올려주셨다. 아이는 밥 한 공기를 남김없이 다 먹었다. 잘 먹는 아이라서 좋다고 생각했다. 그런데 그날 밤, 자다가 목이 말라 주방으로 가던 나는 아이의 방에서 새어 나오는 불빛을 발견했다. 그리고 화장실에서 누군가 토하고 있는 것을 발견했다. 아이였다. 아이는 밥이 아닌, 아주 불편한 눈칫밥을 먹었던 것이다. 배가 부르니 그만 먹어야겠다고 표현하는 일조차도 그 아이에게는 조심스러운 일이었나 보다. 그 후로 나는 절대 먹는 것을 강요하지 않았다. 하나라도 더 챙겨 먹이려는 어머니를 말리는 것도 일이었다.

학교가 개학하고 아이의 손을 잡고 처음 등교를 했다. 그 기분은 마치 내가 학교에 가는 것처럼 조금 흥분되기도 했다. 내 손을 잡은 아이의 손은 땀으로 축축했다. 긴장하고 있었던 것 같다. 아이를 교실로 들여보내고 잠시 담임 선생님을 뵀다. 나이가 제법 있으시고 반듯한 인상인 여선생님의 빈틈없는 매무새에 나까지 학생이 된 듯한 기분이었다. 선생님은 상담 내내 아이보다는 입양에 관한 질문들을 하셨다. 과하다 싶을 정도의 영혼 없는 칭찬도 놓치지 않으셨다.

"어머니가 너무 젊으시네요~" 여러 차례 하셨던 이 말씀이 칭찬이 아니었다는 것을 나중에 가서야 알게 된 사건이 있었다. 학교에서 돌아온 아이가 고개를 푹 숙인 채로 방으로 들어간다. 무슨 일이 있었나 싶어서 들어가 봤다. 아이는 뒷덜미에 상처를 입고, 피를 흘리고 있었다. 너무 놀라 자초지종을 물었더니, 같은 반 친구 서너 명이 하굣길에 아이를 따라오면서 고아원 출신이라고 놀렸고, 아이가 아무런 대꾸를 하지 않자 우산을 던져 아이의 뒷목에 상처를 낸 것이라고 했다. '어찌해야 하나?' 망설이고 있는 나에게 어머니는 조용하게 일단 병원부터 가서 치료받고, 진단서를 꼭 떼오라고 말씀하셨다. 그리고 어머니는 가해 학생의 이름을 물으셨다. 깊은 상처는 아니어서 가벼운 드레싱을 마치고 집으로 돌아왔다. 손님이 와 계셨다. 담임 선생님과 한눈에 봐도 가해 학생으로 보이는 녀석이 고개를 푹 숙인 채로 앉아 있었다. 가해 학생의 부모님은 다름 아닌 담임 선생님이셨다. 그 학생이 선생님의 늦둥이 막내아들이었던 것이다. 선생님도 이런 순간에는 어쩔 수 없는 엄마의 모습 그 자체였다. 그 일은 그렇게 마무리 됐고, "어머니가 너무 젊으시네요~"라고 하셨던 선생님은 아주 당당히 찾아왔다가, 오히려 어머니의 기세에 눌리고 계셨던 것 같다. 그 후 아들의 모든 학부모 활동은 어머니가 대신하셨다.

그때 나의 모든 생활은 임신에 집중되어 있었다. 입양하고 남편은 좀처럼 아이와 친해지는 것을 어려워했다. 남편도, 아이도 아빠가 처음인지라 서로 불편해하는 것 같았다. 함께 목욕을 보내도 30분이면 돌아왔고, 하굣길 픽업이나 교외로 둘만의 시간을 보내보라고 내보내도 30분이면 돌아왔다. 남편은 공부를 제법 잘하는 아들을 기특해하면서도, 둘 사이에는 어딘가 모를 벽이 늘 존재했다. 그러던 어느 날 만취해서 집으로 돌아온 남편은 나와 어머니에게 선전포고와도 같은 말을 했다. 어떤 방법을 동원해서라도 내 핏줄을 갖겠다고 말이다. 이때부터 나의 딸아이를 만나기 위한 긴 여정은 시작됐다. 자궁과 난소의 타고난 기능 저하로 나의 자궁은 착상이 어려웠던 상태였고, 시험관 시술은 성공률이 25% 내외였다. 그것도 한 번에 되는 경우는 천운과 같았고, 과정 또한 복잡하고 힘들었다. 남편 입장에서도 그만큼의 간절함이 없었다면 쉬운 일은 아니었을 것이다. 그렇게 3년 가까이를 인공수정에 매달려 있는 동안, 아들의 학부모는 내가 아니라 내 어머니셨다. 지금도 아들은 그때의 할머니가 자신에게는 엄마였다고 말하곤 한다.

시험관을 진행하는 동안 나는 껍데기만 사람이었다. 호르몬 요법으로 인해 잘 먹지도 못했고, 근력은 떨어지고 체중도 점점 줄어만 갔다. 벌써 5회째의 불발로 내게는 마음이 무너져 내리는 것 같은 심리적 불안과 스트레스가 쏟아졌다. 딸의 이런 모습을 보면서 어머니는 얼마나 가슴이 무너지고 계셨을까? 자신과 닮아 있는 딸의 모습을 지켜보며 건강한 자궁을 만들어주지 못한 책임을 느끼는 것은 고통이었을 것이다. 어느 날 만취해 들어온 남편은 어머니와 독대했다. 남편은 자신의 아이를, 어머니는 어머니의 아이를 지키고자 나누는 협상이었다. 마지막으로 한 번만 더 도전해보고 그럼에도 결과가 없으면 깨끗이 단념하는 것으로 결론을 내고, 나와 어머니 그리고 남편은 극적인 최종합의를 했다. 어머니의 돈이 아니었다면, 이조차도 어려웠을 일이었다.

마지막 도전…. 이번에는 무언가 달랐다. 확실히 예전과는 다른 느낌이었다. 성공이다. 간절함이 통했던 것일까? 그 어려운 과정을 거쳐 드디어 내게 아이가 생겼다. 입덧도 제법 있었다. 그조차도 내게는 즐거움이었다. 입덧은 임신한 여자들만이 가질 수 있는 특권과도 같았다. 남편도, 어머니도 내가 먹을 수 있겠다고 하는 것들은 모조리 공수했다. 각별히 주의해야 하는 상태라 나는 임신 유지 기간 동안 거의 매주 병원에 가야 했다. 아이가 어느 정도 자라서 자리를 잡고 안정기에 들어설 때까지는 침대를 벗어날 수도 없었다. 이후에는 임신 중독이 왔다. 출산 전 한 달 가까이 병원에서 살았다. 어차피 제왕절개를 해야 했고, 아이를 출산이 가능한 크기로 키우는 데 집중해야 했기 때문이다. 그렇게 온 우주를 여행하던 아이가 나의 몸을 통해 나의 딸로 세상에 나오게 됐다. 하지만 나는 출산 후 바로 아이를 만날 수 없었다. 나는 아이를 낳고 15일 동안 코마 상태에 빠져 있었기 때문이다. 그때 내가 경험한 것들에 대해서는 다음 책에서 쓰기로 한다.

작고 소중한 손과 발, 똘망똘망한 눈망울, 붉은 기가 남아 있는 피부, 그리고 수북이 자라난 머리카락. 딸아이는 유난히 머리숱이 많았다. 손가락과 발가락도 길쭉길쭉, 나보다는 남편을 더 많이 닮아 있었다. 그때는 그것조차 하나도 서운하지 않았다. 내게로 건강하게 와준 것만으로도 세상 모든 것이 감사했고, 아름다웠다. 자식은 태어나서 평생 해야 할 효도의 대부분을 돌이 되기 전까지 다 한다는 어른들의 말이 있다. 아이를 낳고 기르는 과정을 거치다 보니 그 말이 자연스럽게 이해가 됐다. 엄마는 아이와 처음 만난 순간을 잊지 못한다. 그때의 감동과 기쁨으로, 자식을 키우면서 마주하는 힘든 순간을 이겨낸다. 비밀수첩을 꺼내어 보듯 추억 속에서 불안한 마음을 내려놓는다. 때때로 나에게도 비밀수첩이 필요한 때가 온다. 자기주장이 아주 강한 딸아이를 대할 때마다 비밀수첩을 자주 꺼내게 된다.

나는 엄마가 되기도 전에 엄마라고 불렸다. 큰아이가 처음으로 내게 '엄마'라고 불러주었을 때 내게 선물처럼 작은아이가 찾아왔다. 엄마라고 불러주어 나는 엄마가 됐고, 엄마로 살아가고 있다. 신은 모든 곳에 존재할 수 없어서, 대신 엄마라는 존재를 만들었다고 한다. 그러나 엄마로 불리는 것보다 어려운 일은 엄마로 살아가는 일이다.

자식은 내게
복일까? 업일까?

《성경》시편에 보면 "자식들은 여호와의 기업이요. 태의 열매는 그의 상급이로다"라는 구절이 있다. 그 뜻을 해석하면, 자식이란 부모에게 상처럼 주어진 존재이며, 이들을 잘 양육하고 보호하고 가르친다면 가정이란 기업의 훌륭한 구성원이 될 것이라는 의미다. 이는 가정이란 이름의 기업이 사랑과 믿음을 토대로 성장하고 발전해가는 조직임을 나타낸 것이며, 부모는 자식을 낳아 양육하면서 사랑을 체험하고 이타적인 사람이 되고, 성숙하고 숭고한 인간다움을 알게 된다는 뜻도 가질 것이다.

이처럼 자식은 돌봐야 할 존재이기도 하지만, 때로는 삶의 곳곳에서 깨달음을 얻게 해주는 선생님이 되기도 한다. 오래전부터 어른들이 해온 말 중 가장 기억에 남는 말이 있다. "자식이 제일 무서워~" 그리고 "자식 이기는 부모 없어~ 너도 똑같은 자식 낳아서 키워 봐라"라는 말이다.

자식은 그렇게 무섭고, 절대 이길 수 없는 두려운 존재일까? 나도 누군가의 자식이고, 누군가의 엄마이기도 하다. 내 삶은 나의 부모님으로부터 나를 통해 자식으로 연결됐다. 내 삶에는 부모와 자식이 공존하며, 가정이라는 이름의 기업과 맥을 같이한다.

내게는 2명의 자식이 있다. 29살의 나이에 선물처럼 얻게 된 첫아이와 여섯 번의 시험관 시술 끝에 어렵게 얻은 둘째 아이가 그들이다. 자식이란 단어를 떠올릴 때마다 나에게 두 아이보다 먼저 떠오르는 사람이 있다. 바로 내 어머니다. 세월이 흘러 내가 내 어머니의 나이가 되어 보니, 어머니의 삶이 보이기 시작한다. 어머니의 마음도 그대로 느껴진다.

비로소 나는 알게 됐다. 어른들이 하셨던 그 말씀들이 무엇을 의미하는지 누구보다 잘 알게 됐다. 부모들은 자기 삶을 통해 얻은 소중한 경험과 깨달음을 자식을 인도하는 매뉴얼로 사용하기도 한다. 부모는 그렇게 현장 경험이 넘쳐나는 멋진 선생님이고, 그들의 매뉴얼은 돈으로도 살 수 없는 값진 것이 된다.

부모는 매뉴얼대로 자식을 훈육하지만, 자식들은 대부분 매뉴얼대로 살아주지 않는다. 무엇이 문제일까? 세월의 문제일까, 아니면 사람의 문제일까? 이유가 무엇이든 자식은 절대 부모의 기대와 바람대로 살아주지 않는다. 자식을 낳아 기른다는 것은 많은 것을 포기하고, 또 많은 것을 내려놓아야 하는 과정이다. 내 부모님이 그랬고, 또 내가 그것을 반복해 이어가고 있다. 자식을 세상에 내놓고 양육하고 성장시키는 게 부모의 의무 사항이 아니었다면, 가끔은 다 내려놓고 만세를 부르기도 했으리라.

나에게는 자식 훈육 매뉴얼이 없다. 그나마 있던 삶의 조언자들도 일찍 떠나셨다. 모든 게 처음이기 때문에 매일매일 새롭게 나만의 매뉴얼을 만들어가고 있다. 이것은 나 혼자만 사용하는 매뉴얼로, 같은 순간, 같은 지점에서 또다시 넘어지지 않으려는 나만의 지침서인 셈이다.

그러나 나는 절대 이 매뉴얼을 내 자식들에게 적용하지 않을 것이다. 이유는 간단하다. 그들이 사는 세상과 내가 사는 세상이 다르기 때문이다. 우리의 삶은 모두 맥을 함께하지만, 모두가 자신만의 우주에서 자신만의 삶을 산다.

이는 우리가 태초부터 지니고 온 과업, 즉 사명(使命)이다. 시련과 고난 그리고 다양한 삶의 사건들이 현생으로 오기 전 스스로 만들어놓은 허들이듯이 사명 또한 그렇다. 나는 자식의 삶과 사명을 존중한다. 누구도 그것들을 대신 막아주고 겪어줄 수 없고, 만약 그렇게 할 수 있다고 생각했다면 큰 착각이다. 부모는 자식의 삶에 깊게 관여해서도, 삶을 대신해서도 안 된다. 그것은 우주의 섭리와 체계를 흔드는 잘못된 사랑임을 한시라도 빨리 깨달아야 한다. 자식의 권리에는 시련을 겪을 권리도 포함된다. 그 소중한 권리를 사랑을 핑계로 대신해줘서는 안 된다는 말이다. 이는 학교 숙제를 대신 해결해주는 것과는 의미가 사뭇 다르다. 부모가 대신해줘도 고난과 시련이란 숙제는 사라지지 않는다. 오히려 자식의 성장 과정 중 어느 곳, 어느 때에 반드시 더 큰 숙제가 되어 짠! 하고 나타난다. 경험한 적 없는 상황 앞에서 자꾸만 넘어져야 했던 내 삶을 봐도 그렇다.

나의 부모님이 하다 만 숙제는 마흔 이후의 나에게 엄청난 양으로 돌아왔다. 시간도 많지 않았다. 속성으로 깨우치고 해내야 했다. 마치 개학을 코앞에 두고 밤새워 방학 숙제를 해치우는 아이와 같다는 생각마저 들었다. 잘했는지, 못했는지, 잘하고 있는지… 그런 것을 생각하고 따질 시간조차 없었다. 그저 열심히만 해야 했다.

늘 내 자식에게는 나와 같은 삶을 대물림하지 않겠다는 생각이 있었고, 그 생각은 힘들면 힘들수록 강박처럼 내 머리와 가슴속 깊이 스며들었다. 모든 것을 완벽하게 해줄 수는 없겠지만, 적어도 나로 인해 내 자식이 꿈을 포기하는 일은 없어야 한다고 생각했다. 아이가 정신적, 경제적으로 독립할 수 있을 때까지는 내가 선택한 삶 속으로 자식들을 끌어들이고 싶지 않았다. 그렇게 나는 내 우산을 펼쳐들었다. 혼자서도 비를 피하기 어려운 부실한 우산 속에서 자식들을 끌어안고 있었다. 그게 내가 내 부모로부터 배운 삶의 방식 전부였기 때문이다.

싱글맘으로 살아내야 하는 세상은 만만치 않았다. 자식을 먹이고 입히고 가르쳐야 했으므로 일해야 했고, 돈을 벌어야 했다. 체험 삶의 현장, 아니 그보다 더 생생한 체험 '맘'의 현장이 제일 적절한 표현이 아닐까 싶다. 어머니가 떠나시고 나는 있던 우산마저 잃었다. 갑자기 사라진 우산으로 인해 쏟아져 내리는 세상의 비를 맨몸으로 맞아야 했다. 더는 내게 우산이 되어줄 사람이 없었다. 이럴 때는 어떻게 대처해야 하는지 매뉴얼조차도 없었다. 그래서 더 춥고 더 고통스럽게 세상에 맞서야 했다.

모르는 사람들은 내게 이런 소리를 한다. "애들은 애들 아빠에게 주지 그랬어." 이것은 나를 깊이 모르는 사람들이 그저 안타까워서 하는 말일 뿐이다. 나에게는 남다른 의미가 있는 자식이 있다. 어찌 보면 핏줄에 대한 집착이라고 하는 게 맞는 말일 듯하다. 어떠한 대가를 치르고서라도 끝내 지키고 싶었던 것, 아니 갖고 싶었던 것. 그것도 부족해, 뺏기고 싶지 않았던 것으로 표현해야 맞을 듯하다. 세상에 오롯이 내 것인 게 필요했다. 어머니를 잃은 상실감이 집착으로 이어졌던 것 같다. 살기 위함이었다. 그렇게라도 나는 붙들고 살아갈 어떤 것이 간절했다. 그런 나를 잡아준 게 내 아이들이었다.

부모님은 내게 그들의 방식으로 사랑을 주셨다. 특히 어머니는 많은 게 부족했던 나를 최고로 포장해주셨다. 자신의 매뉴얼대로 내게 커다란 우산을 받쳐주셨다. 요즘 말로 헬리콥터 맘이라고 해야 맞겠다. 내 삶의 많은 부분에 관여하셨고, 삶의 위험도, 시련도 당신만의 방법으로 해결해주셨다. 그때는 그게 당연한 부모의 삶이라 생각했었다. 세상 부모들 모두가 그렇게 살아가는 것으로 여겼다. 자식에게 좋은 것만 주고, 좋은 것만 보게 하는 삶. 그게 부모로서 누릴 수 있는 행복한 삶이 아닐까 생각했다. 내가 좋으면 당연히 부모님도 좋으리라는 착각 속에 빠져 살았고, 부모의 마음이 어땠을지는 한 번도 생각해 보지 못했다.

현생에서 부모 자식의 연을 맺는 것은 전생에 엄청난 인연이 있어야 가능한 일이라고 한다. 내 자식은 나와 전생에 어떤 관계였을까? 자식과 부모는 전생에 채무 관계였다고 들려온다. 빚을 갚으러 왔거나, 빚을 받으러

왔다는 것이다. 전자는 보은(報恩) 관계로, 후자는 보원(報怨) 관계로 구분한다. 보은 관계는 전생에 입은 은혜가 있어서 현생에 열심히 도움을 주는 선연이지만, 보원 관계는 전생의 원한으로 인해 현생에서 불화 또는 괴로움을 주는 악연이라고 한다. 내 아이들은 나와 전생에 어떤 관계였을까? 아이들을 떠올릴 때 나는 어떤 마음일까 생각해 본다.

큰아이를 떠올리면 나는 어느새 웃고 있다. 큰아이는 특별한 상황에 있던 내게 선물처럼 온 아이다. 지금은 잘 성장해 가정을 이루고, 아주 예쁜 딸아이의 아빠가 됐다. 딸을 낳고 바로 내게 걸어온 전화를 잊을 수 없다.

"엄마! 딸이에요. 너무 예뻐요. 그리고 감사해요. 키워주시고, 많이 사랑해주셔서 너무너무 감사해요. 다 엄마 덕분이에요!"

전화기 너머의 아들은 울고 있는 듯했다. 나도 울었다. 목이 메는 감동이었다. 말하지 않아도 우리는 서로의 마음을 안다. 힘들었던 시간도 참 많았지만, 그 시간이 헛되지는 않았다. 내 아들은 그렇게 내 삶이 충분히 가치 있었음을 대변해주고 있었다.

그리고 여섯 번째 시험관 시술의 극적인 성공으로 내게 온 둘째, 내 딸…. 자라면서 나를 많이 긴장시켰고, 손이 참 많이 가는 아이였다. 무엇이든 척척 잘 해내는 첫째와 달리 둘째는 아기 때부터 나를 집중하게 만들었다. 임신 유지를 위해 복용한 약물의 부작용이었을까? 아이는 태어나자마자 여러 가지 증상을 달고 살았고, 병원 출입을 밥 먹듯 했다. 게다가 아이는 하고 싶은 것도, 갖고 싶은 것도 많았다. 그리고 어떠한 방법으로든 해내고 가지고야 말았다. 그게 공부와는 연관성이 없었지만 말이다. 하지만 나는 걱정하지 않는다. 지금의 의지가 꿈을 만나면 폭풍 성장할 수 있는 좋은 밑거름임을 알기 때문이다.

나는 이렇게 성향이 반대인 두 아이의 엄마다. 전생의 관계에 비춰 보면, 아들은 보은의 관계로 이어진 선연인 듯하고, 딸아이는 보원의 관계로 이어진 사이가 아닌지 생각하게 된다. 인생을 전반적으로 볼 때 행운과 불운은 반복해서 찾아온다. 계속 행복한 사람도 없지만, 계속 불행한 사람도 없다. 행운과 불운에도 질량 보존의 법칙이란 게 존재하는 듯하다. 내 두 아이도 그렇다. 둘은 각자 다른 사이클로 나를 지켜주고 내게 사랑을 주었다.

정신없이 바쁘게 살아갈 때 아들은 나를 대신해 동생을 챙겨줬다. 딸아이에게 때로는 아빠가 되어주고, 때로는 선생님이 되어주었다. 나에게는 천군만마와 같았으며, 최고의 자랑거리이기도 했다. 아들은 결혼하고 일본에 정착했다. 아들이 떠나고 나서야 알게 된 사실은, 이 아이가 너무나 많은 역할을 해주고 있었다는 것이다. 아이의 빈자리가 너무 크게 느껴졌다. 지금은 그 자리를 딸아이가 대신하고 있다. 애교 많고 여성스러운 스타일은 아니어도 정이 깊고, 또래보다 생각하는 게 어른스럽다. 누구보다 엄마를 사랑하는 엄마바라기이기도 하다.

자식은 내게 복일까? 업일까? 자식은 복이기도 하고, 업이기도 하다.

자식은 카르마를 통해 현생에 연결되는 존재이므로 복으로 오기도 하고, 업으로 오기도 한다. 하지만 확실한 것은 영원한 복도 영원한 업도 없다는 것이다. 복이 업이 되기도 하고, 업이 복으로 바뀌기도 한다. 이는 자식은 복이나 업으로 논할 대상이 아니라는 뜻이다. 자식은 오직 내 삶의 가치를 증명해주는 바로미터일 뿐이다.

자식은 하나님의 기업이요. 선물이다!

끌려가다가 이제는
업고 간다

은지성 씨의 《생각대로 살지 않으면 사는 대로 생각하게 된다》에서 저자는 말이 씨라면 우리의 생각은 뿌리이며 뿌리가 자라 가지를 이루고, 가지가 자라 줄기를 이루고 잎을 만든다고 이야기한다. 지금 우리가 살고 있는 삶은 어쩌면 예전부터 우리가 꿈꾸고 생각했던 것의 결과물, 즉 한 번쯤 씨로 심었던 것들이 자라난 줄기이며, 잎인지도 모른다는 것이다. 《명상록》을 쓴 아우렐리우스(Aurelius)는 "인간의 일생은 그 인간이 생각한 대로 된다"라고 말했다. 그 말처럼 자신의 생각대로 세상이 움직인다면 얼마나 좋을까? 하지만 그것은 불가능하다는 것을 우리는 삶의 경험을 통해 알 수 있다. 그렇다면 세상을 내 마음대로 바뀌게 하는 방법은 존재하지 않는 것일까? 이는 단 한 가지 방법뿐이다. 바로 세상을 바라보는 내가 바뀌는 것이다.

내가 살아온 인생을 전반적으로 살펴보면, 나는 나의 의지대로 생각하고 결정한 것들이 별로 없었다. 먹는 것도, 입는 것도, 학교도, 진학도 무엇 하나 스스로 생각해서 결정한 것들이 아니었다. 결정은 타인으로부터 이루어졌고, 나는 아무런 생각이나 판단 없이 결정된 사항들에 끌려다녔다. 결정된 삶을 받아들이고 산다는 것은 그리 불편한 일은 아니었다. 삶에 대한 고민이나 불안, 그리고 결과물에 대한 걱정을 짊어지는 일 또한 내 몫이 아니었기 때문이다. 이것이 과연 바람직한 삶이었을까? 스스로의 의지대로 무언가를 고민해서 결정한다는 것은 많은 부담과 스트레스가 따른다. 이것을 누군가 대신해 처리해준다는 것은 다 차려진 밥상을 그냥 받아먹기만 하는 것과 같다. 그냥 먹기만 하면 되는 아주 쉬운 일이다. 그러나 쉽게 인생을 살아간다는 것이 좋은 일만은 아니다. 쉽게 받아먹은 밥상에 대한 대가는 살아가면서 반드시 치러야 한다. 쉽게 얻은 것은 얻기 위한 노력의 과정이 없었으므로 진정한 내 것이 될 수 없고, 어느 순간 같은 상황이 오면 낭패를 본다. 생각도 고민도 결정도 해 본 적이 없는 사람은 불안과 초조를 넘어, 결정을 내리고도 수없이 그에 대한 고민을 반복하게 된다.

내가 스스로 했던 선택과 결정 중에 가장 큰 것은 배우자를 선택하고, 결혼을 결정한 일이었다. 갓 성인이 된 나는 정신적으로도, 경제적으로도 홀로 설 준비가 되지 않았다. 이런 나의 선택과 결정이 어른들에게 좋게 보였을 리가 없었다. 충분히 생각하고 결정해도 늦지 않다는 어른들의 말씀이 그때는 그저 반대를 위한 반대로만 느껴졌다. 나는 내 생에 있어서 가장 중요한 결정을 가장 어리석은 방법으로 내렸던 것이다. 무식해서 용감했을까? 아는 것이 없으니 옳은 판단을 하는 것도 무리였다. 그때의 선택은 오기나 다름없었다. 내 인생을 다른 방향으로 몰고 갈 수 있는 결정을 너무 가볍게 처리했다. 그에 대한 대가는 많은 시간이 흐른 뒤에 마치 파도처럼 밀려들었다. 알아차림이 없는 나는 그것이 잘못된 선택의 대가였다는 사실도 모른 채 밀려드는 파도를 계속해서 이겨내야 했다. 하나의 파도가 지나가면 다른 파도가 밀려왔다. 정신을 차릴 수 없었고, 생각할 겨를도 없었다. 계속해서 일어서야 하고, 맞서야 했다.

파도와 맞서고 그것을 잘 타고 넘는 방법을 알아야 했고, 패러다임을 읽어내는 능력이 필요했다. 판을 바꿔야 했다. 파도를 타고 넘으며 심지어 그것을 즐길 수 있는 사람이어야 했다. 그때의 내가 가졌어야 하는 것은 인정하고 돌아설 용기였다. 살아가면서 선택의 오류와 잘못된 판단은 누구나 할 수 있는 실수와도 같다. 그러나 실수를 인정하고 되돌아올 용기가 내게는 없었다. 선택했으니 그냥 가야 한다는 맹목적인 성실함이 내게는 독이 됐다.

서핑을 시작하는 초보자들에게 제일 먼저 가르쳐주는 것은 파도를 타는 것이 아니다. 서핑보드에 몸을 밀착시켜 파도를 느끼고 흐름을 타는 것이다. 그다음 단계가 안전과 생존법이다. 파도가 몰아쳐 보드에서 몸이 이탈하더라도 다시 보드에 올라탈 수 있는 법을 가르친다. 이러한 준비가 완료되면 이제부터는 보드 위에서 파도를 즐길 수 있게 된다. 준비된 사람들에게 파도는 맞서야 할 두려움의 대상이 아니다. 그것은 도전이며 즐거움이다. 아는 만큼 보인다는 말을 넘어 아는 만큼 즐기고 누릴 수 있게 된다.

돌아설 용기, 포기할 용기, 거절할 용기, 인정할 용기…. 이러한 용기가 있다면 삶은 더욱 단단해지고 쉬워진다. 길을 잘못 들었을 때는 잘못을 인지했을 때 되돌아오는 것이 제일 현명한 일이다. 이 길이 아님을 알았음에도 계속해서 답을 찾기 위해 내달린다면, 목표로 향하는 길은 더욱 멀어지고 그에 따른 시간도 늘어난다. 시간이 돈으로 환산되는 지금에는 방향의 설정값을 빠르게 수정하는 일이 매우 중요하다. 잘못된 방향에서의 성실함과 꾸준함은 오히려 독이 된다. '열심히 하면 답이 있다'라는 말은 더 이상 옳지 않다. 열심히는 기본값이다. 이제부터는 '제대로 열심히 살아야 한다'라는 말에 답이 있다. 잦은 실패와 시련도 괜찮다. 목적과 목표가 명확하고 방향만 잃지 않는다면, 실패도 시련도 성공의 좋은 재료가 된다. 성공에는 반드시 실패라는 과정이 따른다. 실패와 시련 없이 쉽게 성공에 이른다면 자만하게 될 것이고, 후에 혹독한 대가를 치르고 말 것이다. 많은 시행착오와 실패의 경험치를 바탕으로 이루어 낸 결과물은 무너지지 않는다. 더 많은 실패와 더 많은 시련은 오히려 우리에게 더 잘 할 수 있는 방법을 찾게 하고, 인생에 멋진 결과물을 선물해줄 것이다.

지금의 나 자신을 되돌아본다. 나는 살아 있다. 그리고 존재함으로 위대하다. 내 삶은 누구보다 치열했으며 나는 누구보다 열심히 삶에 임했다고 자신 있게 말할 수 있다. 실패와 시련은 결국 내가 만들어낸 설정값이다. 무의식의 세계에서 만들어놓은 실패와 시련을, 의식의 세계 속 나는 알지 못했다. 그러나 이제는 나의 모든 실패와 시련이 내 삶을 더 크게 성공시키고자 계획된 재료들이었음을 깨달았다. 그 시간 속으로 걸어온 나는 오늘을 마주했고, 빛나는 내일을 맞이하게 될 것이다. 내가 세상에 오게 된 이유가 명확히 존재하고, 나의 사명이 무엇인지도 조금씩 알게 됐다. 그리고 이미 어느 부분 사명을 수행하는 삶이기도 했다는 생각이 든다. 나는 나를 끊임없이 들여다볼 것이다. 나의 내면의 목소리에 귀를 기울이고, 나의 잠재의식과 능력에 한계를 두지 않을 것이다. 창조주께서는 내가 하는 모든 일의 계획과 진행 과정에서 함께하시기에 기적이 일상이 된다고 말씀하셨다. 내가 바라고 원하는 일이 곧 그가 바라고 원하는 일이다. 그것을 믿고 알고 있는 나는 거침없이 나의 바다를 향해 나아갈 것이다.

나의 바다에서는 내가 주인공이다. 나는 마침내 더 이상 파도에 휩쓸리지 않으며, 유유히 바다를 즐길 수 있는 방법을 알아냈다. 파도가 거칠면 거칠수록 나는 그것을 즐긴다. 파도를 넘었을 때의 카타르시스를 알고 있기 때문이다. 나는 나의 삶의 패턴과 패러다임을 이해했고, 한국책쓰기강사양성협회(이하 한책협)을 통해서 작가로서의 삶을 선택하고 책 쓰기를 시작하며 '삶은 살아가는 것이다'에서 '삶은 누리고 완성하는 것이다'로 생각을 바꾸게 됐다. 내가 변해야 내가 사는 세상이 변할 수 있다는 것도 알게 됐다. 나는 더 이상 타인이 생각하는 나로 존재하거나 끌려가지 않는다.

이제 나는 모든 시련과 실패를 통해 얻어낸 튼튼한 팔과 다리로, 지금까지 끌려가던 나의 삶을 등에 업고 주도적으로 당당히 걸어가고 있다.

양보가 미덕은
아니었다

살아가면서 참 많은 것들을 양보하며 살았다. 물질적인 것뿐 아니라, 시간과 마음까지 양보가 미덕이라고 배우고 자란 탓에 후일을 생각지도 않고 무조건 양보를 우선시했다. 욕심을 부리는 사람은 배움이 적고, 나쁜 사람이라는 고정관념 때문이었다. 그래서 결과가 어땠는가? 양보가 미덕이면 양보를 행한 모든 일은 좋은 결과로 나타나야 한다. 하지만, 그렇지 않았다. 내가 살아온 삶을 되돌아보았을 때 역시 양보는 결코 미덕이자 좋은 결과로만 남아 있지 않았다. 어떤 때는 그저 착한 사람이라는 평가를 위해 원치 않는 양보를 행한 적도 있었다. 진심이 빠져 있는 양보에 나도, 남도 좋았을 리가 없었다. 이후에는 후회 또는 상실감이 똬리를 틀고 계속해서 몰려왔다. 그것이 인간의 본성이고, 나의 본성이기도 했다. 양보가 미덕으로 보일 수 있다. 그러나 우리는 단순한 해석을 부디 조심해야 한다. 지나친 양보는 나를 해칠 수 있고 또 어떤 양보는 악습이 되어

나 자신을 자괴감에 빠트리거나 무너트릴 수도 있다.

양보는 내가 아닌 누군가를 위하는 마음, 즉 타인을 향한 연민 없이는 나올 수 없는 심성이다. 나보다 상대의 평화를 위하기에 나올 수 있는 그런 마음인 것이다. 하지만 어쩔 수 없이 조금 다른 생각을 해 본다. 상대의 평화도 중요하지만, 한편으로는 스스로의 평화와 안정을 위해 나를 먼저 챙기는 것이 바람직한 것일지도 모른다는 생각을 한다. 내 것을 지킬 수 있는 건강하고 온전한 상태의 나로부터 진정한 양보의 미덕이 나오기 때문이다. 내 심신의 에너지가 충만할 때, 내가 가진 것을 양보한다면 그 가치는 배가 될 것이다. 사람은 사회적 동물이다. 따라서 무리 속에서 생활하면서 자신의 가치를 인정받을 수 있는 최고의 방법은 양보의 미덕일지도 모른다. 그러나 연민이나 사랑을 품고 사는 이들은 아무런 조건 없이 모든 것을 양보하기도 하고, 때로는 상대로부터 양보를 종용 당하기도 한다. 그것은 악습이다. 이러한 악습 속에서는 더 이상 양보가 미덕이 아니게 되고, 서로에게 아름답지 못한 결과를 초래하게 한다.

악습이 된 양보가 지나치다 보면 내 삶에서 더 이상 내가 주인의 자리에 설 수 없게 된다. 자기 스스로 최소한의 공허함이나 외로움, 고독함을 감내할 수 있는 그릇이 되지 않은 상태에서의 양보는 묘한 슬픔과 동시에 상실감을 남긴다. 인간은 누구나 자신의 안락과 충만, 그리고 기쁨을 먼저 생각하는 것이 자연스럽다. 그것을 철저히 배제한다는 것은 어찌 보면 신의 영역이다. 그것은 추구해야 할 삶이기는 하지만, 현재의 자신을 돌보는 것이 먼저다.

양보하지 않는 인간의 모습을 누군가는 연민을 포기한 채 본능에 충실한 것으로 볼 수도 있겠다. 그러나 그 본능은 결국 '생존'이고, 자기 사랑의 실천이다. 그렇다면 먼저 자기 사랑을 해 보자는 것이다. 양보를 하고 싶다는 선심을 내기 이전에, 약간은 이기적인 행동일지언정, 나 자신을 해치거나 무리를 해가면서 베푸는 그릇된 양보가 아닌지 스스로에게 되물어 볼 필요가 있다는 말이다. 이런 과정을 거친 양보라면 그야말로 품격 있는 양보가 될 것이다.

진정한 양보의 미덕은 나를 사랑하고 아껴준 상태에서 건강하게 남도 생각할 줄 아는 것이 아닐까. 그래서 많은 동기부여와 마음 성장 채널에서는 자기 자신을 사랑하는 것을 최우선으로 말하는 것이다. 자존감이 바닥이었던 때의 나는 양보를 통해 사랑과 감동으로 충만해지기는커녕 나누어 주고서도 마음이 공허했고, 빈자의 마음으로 베푼 것들은 나를 더욱 더 옥죄었다. 불편한 현실과 마주할 때마다, 그다지 위로가 되지도 않는 '나눌 수 있어서 행복합니다. 나누면 배가 됩니다'를 주문처럼 외우고 자신을 속였다. 그러나 이는 결국 스스로를 멸하게 만드는 행위였다. 의식의 차원이 낮은 세상에서는 내가 스스로를 지키며 살아가야 한다. 그래야 내가 가진 것들을 지킬 수 있는 힘이 생기고, 비로소 양보의 미덕으로 남도 지켜줄 수 있는 것이다.

양보란 치우침이 없는 마음과 물질의 관계 속에서 더욱 빛날 수 있다.

재상평여수 인중직사형(財上平如水 人中直似衡). 이는 최인의 소설 《상도(商道)》에서 주인공 임상옥이 자신의 좌우명으로 삼는 구절로, 임상옥은 이 문장을 자신이 사용하던 술잔 밑바닥에 새겨두고 늘 이것을 바라보며 교만과 과욕을 경계했다. 재상평여수(財上平如水), 재물은 평등하기가 물과 같이 치우침이 없어야 하고, 인중직사형(人中直似衡), 사람의 바르기는 저울과 같이 기울지 않아야 한다는 표현이다. 이는 사람에 따라 여러 가지로 해석될 수 있겠지만, 노력한 대가에 따라 그 재물이 정해지고 사람도 이와 같아서, 신용을 쌓고자 노력한 자에게 신용은 저울처럼 바르게 돌아간다는 것이 대표적인 해석이다. 이처럼 사람의 마음이나 물질은 치우침이나 기욺이 없어야 한다. 마음을 내는 일 또한 마찬가지다. 나와 남에 대한 치우침이 없어야 한다. 나의 모든 것을 내어주어 질량보존의 법칙을 무너뜨리는 것은 참으로 어리석은 행위다. 스스로에게 선심의 마중물을 남겨주자. 아낌없이 주는 나무는 있어도 아낌없이 주는 나는 존재해서는 안 된다. 그것이 결국 나로부터 출발해서 내가 사랑하는 모든 이들의 평화와 안정을 지키는 길이다.

2장

보통의 삶이
가장 어려운 삶이다

최선의 선택이
최고의 선택은 아니다

"나 이제 그 인간이랑 그만 살아야겠어."

얼마 전의 일이다. 20년 지기 친구가 아주 우울한 목소리로 전화를 걸어왔다. 전화기 너머의 친구는 몇 마디 더 건네면 금방이라도 울음보를 터트릴 것 같은 목소리였다. 남편의 외도 사실을 알게 된 친구가 이혼 소식이 아닌 신세 한탄을 알려왔다는 것은 이미 분노의 시간을 다 삼켰다는 뜻일 것이다. 혼자서 견디는 마음이 얼마나 지옥이었을까…. 참을 수 없는 분노가 치밀어서 전화를 했더라면 일단, 상욕으로 통화를 시작하는 것이 일반적이다. 그러나 그녀는 울먹이고 있었다. 이것은 미련이다. 절대로 상대를 놓고 싶지 않다는 뜻임을 나는 잘 알고 있었다. 친구는 지금 내게 선택에 대한 조언을 받자는 것이 아니다. 그저 자신의 이야기를 들어주고, 무조건 자신의 편이 되어줄 한 사람이 절실했던 것이다.

갑자기 15년 전의 일이 스쳐 지나간다. 그때 나는 지금 저 친구의 모습으로 전화기 반대편에 있었더랬다. 데자뷔라는 게 이런 것일까? 이혼을 생각하고 나도 세상을 다 잃은 목소리로 그 친구에게 전화를 걸어 하소연했던 적이 있었다. 그때 그녀가 내게 어떤 조언을 했더라? 잘 떠오르지 않는 것을 보면 내게 큰 위로가 되지는 않았던 것 같다. 아마 친구는 공감조차 하지 못했을 것이다. 공감하고 위로했다고 한들 어떠한 말로도 그때 내 분노와 상실은 위로받기 어려웠을 것이다. 아무리 좋은 조언을 했어도 내 귀에는 들리지 않았을 것이고, 그때의 나 또한 내 이야기를 들어줄 단한 명의 친구만이 절실했을 것이다.

나와 비슷한 시기에 결혼해서 3남매를 두고 인생에 큰 탈 없이 평범한 삶을 살아가던 친구가 오십이 넘은 나이에 갑자기 이혼이라니…. 나는 아주 오랫동안 그 친구의 삶이 부러웠다. 소소한 일상을 즐기며, 현모양처로 살아가는 모습이 나와는 아주 달랐기 때문이다. 나는 친구의 이혼 결정에 적극적으로 동의하지 않았다. 왜냐하면 모두가 알고 있듯 부부의 일은 부부만이 해결할 수 있고, 제3자의 개입이 결코 도움이 될 수 없다는 것을 나는 이미 알고 있고 경험했기 때문이다. 나는 동조하는 대신 그저 친구의 이야기를 들어주며, 평소보다 과한 반응을 해주는 것으로 위로의 방향을 정했다. 그리고 말해주었다. 너는 나의 부러움의 대상이었고, 앞으로도 지금까지처럼 아름다운 현모양처로 잘 살아줬으면 좋겠다고 말이다.

서로가 서로를 선택했을 때 그들은 그것이 최선의 선택이며, 최고의 선택이라 믿었을 것이다. 사람이 변한 것일까, 아니면 사랑이 변한 것일까? 사람이 변한 것이라면 친구의 마음이 좀 괜찮았을까? 사람은 사랑이 변했다고 사랑을 탓한다. 하지만 나는 좀 다른 생각을 한다. 사랑도 사람이 하는 것이므로 사랑이 변한 것이 아니라, 사랑의 주체인 사람이 변한 것이 맞는다고 생각한다.

20대의 나는 남편을 만난 것이 아주 운명적인 일이며, 살면서 제일 잘한 일이라고 생각했다. 그런 내가 40대에 와서는 그와 헤어진 것이 살면서 제일 잘한 일이라고 생각했다. 20대의 최선의 선택을 무려 20년 동안이나 책임지고 증명해야 했음에도 마흔이라는 적지 않은 나이에 또다시 선택의 순간이 찾아왔다. 나는 20대에도, 40대에도 최선의 선택을 했다. 그리고 그 선택에 책임을 져보겠다고 참으로 많은 시간, 많은 것들을 감당하며 살아왔다. 그 시간을 거슬러 생각해 보면, 내가 미처 알지 못했던 것들이 있었다. 모든 시련과 고통은 상처로만 존재하는 것이 아니라는 사실이다. 나는 더욱 단단해졌고, 그 시간 속에서 가족의 의미와 진정한 사랑, 무엇보다도 아픔을 공감할 수 있는 능력을 얻게 됐다.

수많은 선택에는 반드시 그에 따른 책임이 동반된다. 삶의 곳곳에는 이별과 새로운 만남이 필연적으로 숨어 있다. 어제와 이별하고 오늘을 만나고, 오래된 물건을 버리고 새것을 사고. 유행이 지나버린 옷들은 어떠한가? 심지어는 아침에 먹은 밥과도 이별한다. 살아가면서 이별이란, 상실이 아니라 새로움이다. 빈자리는 반드시 새로운 것으로 채워진다. 어떤 것들은 또 다른 선택으로 채워나가기도 한다. 그래서 이별은 슬프지 않다. 그 자리는 새로운 것들로 어쩌면 더 멋진 것으로 채워질 수도 있기 때문이다. 몰랐던 것을 알게 되고, 보지 못했던 것들을 볼 수 있게도 된다. 소중한 것들에 관한 당연함도 감사함으로 바뀌게 된다. 나는 가끔씩 이야기한다. "나는 마흔이 되어서야 사람이 됐어"라고 말이다. 이는 사실이다. 나는 마흔이 되어서야 삶을 다각적으로 보는 눈을 갖게 됐고, 위도 아래도 두루 살필 수 있는 마음과 혜안을 가질 수 있게 됐다. 나의 상처를 통해 타인의 상처를 깊이 이해하게 됐고, 삶에 깊이가 생겼다.

내 나이 9살에 아버지의 잘못된 선택으로 나는 이복동생이 생겼다. 고작 9살짜리 여자아이가 감당하기에는 너무도 무거운 가족사였다. 훗날 아버지의 선택은 내게 고스란히 삶의 무게로 남겨졌고, 나는 아버지를 많이 미워하고 원망했다. 아버지가 돌아가셨을 때도 눈물조차 나오지 않았다. 불과 몇 년 전까지만 해도 나는 아버지의 기일조차 외면하고 살았다. 나의 핏줄에 대한 집착과 잘못된 해석의 시작도 여기서부터 아닐까 생각한다. 그래서 나는 이복동생에게도, 아이들에게도 병적인 책임감을 보였다. 그것은 강박과도 같았다.

내 나이 29살에 어머니의 선택으로 내게는 10살짜리 아들이 생겼다. 불임 판정을 받고 아이 문제로 적잖이 스트레스를 받고 있던 나는 선택의 여지가 없었다. 그렇게 준비 없이 엄마라는 이름을 얻게 된 나는 모든 것이 혼란스러웠다. 나를 엄마라 부르는 아이가 있다는 것도 적응하기 어려웠고, 엄마라고 불리는 사람들은 아이를 위해 해야 할 것이 무척 많다는 것도 알게 됐다. 지금 생각해 보면 어머니의 도움이 아니었다면 감히 해낼 수도 없었던 일들이었다. 그러나 그때는 몰랐다. 어머니의 선견지명이 훗날 나에게 엄청난 사랑과 감사를 가져다준다는 사실을 미처 알지 못했다. 그 아이가 멋지게 성장해 나의 든든한 아들이자, 친구이자, 보람이 되어줄 것이란 것을. 그것은 내 어머니의 최고의 선택이자, 내게는 최고의 선물이었다.

프랑스의 작가 장 폴 사르트르(Jean-Paul Sartre)는 선택을 'B(Birth)와 D(Death)사이의 C(Choice)'라고 정의했다. 이는 삶과 죽음에 이르는 과정에서 우리가 많은 선택을 한다는 의미다. 선택의 사전적 정의는 '여럿 가운데 필요한 것을 고르는 것'이다. 여럿 가운데 하나를 고르는 것이라면 분명 최선의 것을 고를 것이고, 고를 수 있는 것이 유일하다면 그 또한 취할지, 버릴지를 선택해야 할 것이다. 아무것도 고르지 않는 것 또한 선택이다. 그러니 살면서 마주하는 선택들은 내 삶을 하나의 선으로 이어지게 한다.

과거의 선택이 현재의 삶을 만들었고, 내가 지금 하는 선택은 내 미래에 반영되기 때문이다. 선택의 결괏값은 알 수 없으니, 방법은 최고의 선택이라는 목표를 정해놓고 최선의 선택들로 증명해내는 것뿐이다. 최고의 선택에 확고해야 최선의 선택들이 의미를 부여받는 셈이다.

모든 선택에는 책임이 따른다. 그리고 내가 그 책임을 다하지 못한다면 그것은 카르마가 되어, 나를 넘어서 내 아이의 삶까지 깊은 영향을 미칠 수 있다. 최선의 선택이 최고의 선택임을 판단하기까지는 많은 시간이 필요하다. 그러나 이제는 최고의 선택은 최선의 선택을 거쳐 내가 최고로 만들어가는 것임을 알 수 있다.

내가 아는 것과
알고 있다고 믿었던 것

50살이 훌쩍 넘은 나이에도 나는 아는 것과 알고 있다고 믿고 있는 것을 잘 구분하지 못한다.

안다는 것은 살아오면서 쌓인 경험과 지식이 밑바탕이 되어 어떠한 사실을 확정하는 것인데, 이는 자신감 있는 태도로 나타나기도 한다. 그래서 사람들은 확실히 알고 있다고 생각하는 것에 대해서는 그것이 무엇이든 맹목적으로 돌진하거나 타인에게까지 확신에 찬 강요를 하게 된다. 나 또한 예외는 아니다. 나는 극도로 안정을 추구하는 편이다. 그러다 보니 새로운 사실을 받아들이는 데도 많은 시간이 걸리고, 그것을 인지하고 내 것으로 만들기까지도 많은 시간이 필요하다. 그리고 그렇게 알게 된 것들은 나에게 진리가 되어버린다. 이렇게 굳어진 것들은 좀처럼 바뀌기가 어렵다. 나는 이를 이용해 나만의 가이드라인을 정하고 상대를 판단하는 기준으로 삼기도 했다. 참으로 위험한 발상이다. 이것이 자만심까지 연결되어버리면 나는 귀는 닫고 입만 여는 사람이 되기 쉽다. 요즘 말하는 꼰대가 되는 것이다.

내가 확실히 안다고 믿는 것에 대해서 그에 반하는 말이나 행동을 마주하게 되면 그것에 저항하게 되고 내 말을 정당화하고 싶어진다. 그것이 선행이든 악행이든 상관없이 나의 확신은 시도 때도 없이 고개를 쳐든다. 운이 좋게 나의 말로 모두를 이해시킬 수 있었던 때도 있었지만, 그렇지 못할 때도 많았다. 그렇게 되면 나는 누가 불편을 던져준 것도 아닌데 스스로 불편해진다. 불편한 내 마음을 남에게 들키기라도 하면 불편은 불쾌함으로 이어진다. 나는 내가 불편한 것이 정확히 무엇 때문이었는지 몰랐으나, 많은 시행착오를 거쳐서야 비로소 알게 됐다. 그것은 나 자신에 대한 믿음의 부족함 때문이었다. 아는 것과 믿는 것은 분리해서 생각할 수 없다. 아는 것이 믿음으로 뿌리를 내리면 어떠한 저항이 생기더라도 흔들림이 없지만, 믿는 것에도 확신이 없다면 나의 감정은 더 이상 내 것이 아니다. 나의 감정과 기분은 결국 무수한 외부의 요인들에 의해 시달리며 감정의 롤러코스터를 타게 된다. 결국 타인에게 감정적 지배를 당하는 셈이다. 이런 기분은 나의 태도로까지 이어져 내게 많은 후회를 남기기도 한다.

나는 나 자신을 누구보다 잘 안다고 생각하고 살았다. 내가 어떤 사람인지를 묻는 질문에는 1초의 망설임도 없이 답을 할 정도로 스스로에 대해 잘 알고 있다고 믿었다. 이름과 사주, 직업과 취미, 가족관계와 포지션,

성격과 성향, 잘하는 것과 못하는 것, 별자리와 체질, MBTI까지. 나는 나를 분석하고 규정하고 있었고, 스스로를 완벽히 이해하고 있다는 나름의 자부심도 있었다. 그러나 이것부터가 오류였다. 나는 나를 알았다고 하기보다는 나를 포장하고 있는 육신의 껍데기를 알고 있었던 것이다. 나라는 존재는 외적인 나와 내적인 나로 구분된다. 그러니 외적인 나를 안다고 해서 나의 전부를 안다고 할 수는 없다. 나는 나를 반쪽만 이해하고 있었던 것이다. 내가 무엇을 추구하는지, 나는 어디서부터 비롯됐고 어디로 흘러갈 것인지, 무엇을 할 때 가슴이 뛰는지, 나의 사명은 무엇인지. 미처 생각하지 못했던 많은 내가 있었다. 이 모두를 제대로 알지 못한다면 나는 스스로를 잘 안다고 할 수 없다. 그저 안다고 믿고 있었을 뿐이다. 이런 상태로 영적으로 성장한 사람을 만난다면 정말 많이 불편해질 것이고, 나아가서는 상대로부터 처절하게 깨지고 말 것이다.

무의식의 끌어당김으로 나는 한책협과 한책협의 김태광 대표(김도사)를 만나게 됐다. 머리로는 도저히 이해하기 어려운 영적인 끌림이었다. 나는 일련의 상황을 '계획된 우연'이라 표현한다. 우연처럼 다가왔지만, 그것은 필연과 같았다. 고민의 여지 없이 나는 책을 쓰기 시작했고, 작가로서 나의 삶을 선포했다. 책 쓰기를 시작하면서 나의 삶은 혼란에 빠지게 됐다. 지금까지 알고 있고, 알고 있다고 믿었던 모든 것들이 뒤집히고 말았다. 내가 지금까지 알았던 것들은 더 이상 진리가 아니었고, 내가 만들어낸 허상이고 가짜였음을 깨닫게 됐다. 나의 정신은 심하게 흔들려 정신적인 지진을 맞았다. 지금까지 차곡차곡 쌓아 놓은 나만의 탑들이 일순간에 무너져 내렸다. 모래 위에 지어놓은 성이 무너져 흔적도 없이 사라져버리는 것 같은 공허함이 몰려왔다.

39살, 세상을 다 잃었던 그때와 비슷한 감정들이 밀려왔다. 어머니를 보내드리고 하루아침에 세상은 내가 알던 세상과 달라졌다. 처음 보는 세상으로 평행 이동을 한 사람처럼 모든 것이 낯설고 힘겨웠다. 아침이면 눈을 뜨고 밥을 먹어야 하고, 신발을 신고 밖으로 나가야 하는 기본적인 것들이 낯설고 힘들었다. 정신적인 공황 상태였던 것이다. 머리로는 알고 있지만, 그것을 행동으로 잇는 길이 너무 멀었다. 삶의 판이 바뀐다는 것은 혼란과 두려움을 넘어 내게는 고통이었다. 해 본 적 없는 일에 대한 두려움과 다시는 겪고 싶지 않은 고통에 대한 트라우마로 나의 몸과 마음은 최대한의 저항을 일으켰다. 하지만 이제는 괜찮다. 지금의 나에게는 수많은 든든한 매뉴얼이 생겼다. 책 쓰기로 300여 권의 책을 내고, 1,200명의 작가를 배출한 책 쓰기의 달인 김도사의 최고의 코칭과 먼저 성공한 선배들의 생생한 매뉴얼이 나의 마음과 근육을 무엇보다 단단하게 만들어 이기는 사람으로 만들 것임을 알고 있기 때문이다.

책 쓰기를 시작하면서 나는 시간을 거슬러 많은 나와 마주하게 됐다. 그때의 내가 알고 있는 전부였고, 안다고 믿었던 것들에 대한 불편한 진실을 마주했다. 시간 속으로 밀어놓았던 나의 모습을 이제야 꺼내놓는다. 아는 것은 알고 있는 것이 아니라, 안다고 믿고 있었던 것들임을 알게 됐다. 많은 진실 앞에 내가 왜 불편해졌을까에 대해서도 생각해 봤다. 그것은 믿음의 부재였다. 내가 행한 모든 것들이 확실히 아는 것이 아니었으며 그저 믿고 싶었던 것뿐이었고, 그에 대한 오류를 발견하면서 나는 불편해진 것이다. 또한 스스로 오류를 인정할 줄 아는 용기가 없어서이기도 했다. 오류를 인정하는 것이 나의 삶을 통째로 부정하는 것 같았기에 나는 불편해졌던 것이다.

내가 확신에 차서 행했던 것들이 나로부터 연결되어 있는 많은 사람과, 그들의 삶을 결정하는 것에도 커다란 영향을 주었음을 깨닫게 되면서 괴로움은 배가 됐다. 그러나 이는 힘들지만 겪어내야 할 과정이다. 과거로부터 소환한 진실들과 직면하고, 그 속에서 미처 돌봐주지 못했던 나 자신을 발견했다. 그리고 내 부모님과 아이들, 남편의 삶까지도 다시 한번 돌아봤다. 나는 온전히 나를 알기에도 부족한 사람이었다. 중심축이 어긋나 있었던 내가 생각하고 판단한 것들이 모두 옳았을 리가 없다. 불편하지만 언제가 한 번은 꺼내보고, 인정하고 다독이며 새로운 중심축을 세워야 했다. 더 늦지 않았음을 감사하게 생각한다.

삶은 곳곳에서 내게 많은 질문을 던졌다. 그때 그것을 알아차리고 인정한다면, 그 질문은 반복해서 내게 돌아오지 않는다. 그것이 불편한 질문이라면 더더욱 그러하다. 질문이 온다는 것은 이쯤에서 다시 한번 생각해 보라는 신의 메시지다. 마주할 용기가 나지 않는다고 해서 그것을 외면하거나, 미뤄둔다면 그것은 삶의 어느 순간에 숙제처럼 또다시 찾아온다.

최근에 나는 불편했던 질문 하나를 꺼내고 용기 내 해결했다. 내가 알고 있다고 믿었던 딸아이의 마음을 꺼내들었다. 남편과 헤어질 때 딸아이는 겨우 8살이었다. 내가 딸아이를 키우는 것은 아주 당연한 것으로 생각했다. 아직은 어렸고, 여자아이고 엄마의 손길이 필요하다고 생각했고, 아빠보다는 엄마인 내가 더 잘 키울 수 있을 것이라 생각했다. 딸아이도 당연히 아빠보다는 엄마랑 사는 것을 더 좋아할 것이라 믿었다. 생각해 보면 그렇게 믿고 싶었던 것이 맞을 것이다. 나는 나의 마음 저편에 있는 핏줄에 대한 집착과 남편이 그토록 원하는 것을 주지 않겠다는 이기적인 마음을 잘 포장해왔던 것이다.

딸아이는 유난히 아빠를 좋아했다. 남편 역시도 딸아이와 있을 때 가장 행복해 보였던 것 같다. 얼마 전 딸아이와 차를 마시며 가볍게 질문했다.

"아빠 생각 많이 나니?"

딸아이는 아주 덤덤하게 답한다.

"예전에는 그랬는데, 지금은 별로 생각 안 나. 근데 갑자기 왜?"

잠시의 침묵과 딸의 표정에서 나는 그리움을 읽었다. 그리고 처음으로 딸과 아빠에 대한 이야기를 나눴다. 딸아이의 생각을 듣고서 나는 또 한 번 충격을 받았다. 딸의 아빠에 대한 생각은 나와는 달랐다. 딸은 여전히 아빠에 대해 좋은 추억을 간직하고 있었다. 그리고 아빠와 살았어도 괜찮았을 것 같다는 말도 조심스럽게 꺼내놓았다. 그때 나는 물어봤어야 했다. 아직 어렸더라도 딸아이의 눈높이에서 상황을 설명하고, 스스로 선택할 수 있도록 물어봤어야 했다. 너무 미안했고 부끄러웠다. 나는 진심으로 딸에게 용서를 구했다. 그리고 미숙했던 그때의 나를 인정하고 반성했다. 시간이 많이 지나서야 비로소 커다란 숙제 하나를 해결한 셈이다. 나는 내가 모든 것을 알고 있다고 믿었고, 심지어 딸아이의 마음조차도 내가 다 알고 있다고 믿었던 것이다. 알고 있다고 믿고 싶은 것은 제대로 아는 것이 아니다. 그때 행한 선택과 결정들은 반드시 삶의 어느 순간에 숙제처럼 다시 돌아온다. 이제 나는 내가 확실히 알고 있는 것들이 무엇인지를 알고 있다. 그러나 나는 오늘도 기도한다. 아는 것과 알고 있다고 믿었던 것들을 명확히 구별할 수 있는 눈과 지혜를 달라고 두 손을 모아 본다.

때로는 장점도
단점이 될 수 있다

사람들에게 나의 장점을 물어보면 대부분 같은 평가를 해준다. 첫 번째로는 착한 사람이라는 말을 하고, 두 번째로 기준점이 명확하다고 말하고는 한다. 중요한 것은 내가 그들의 평가를 인정하고, 그것에 만족을 느낄수 있느냐는 것이다. 그러나 나는 다른 생각을 갖고 있다. 내가 세상에서제일 싫어하는 말이 '착하다'라는 말이다. 착하다는 말은 정말 좋은 말인데, 나는 이 말을 왜 그리 싫어하게 된 것일까?

어릴 적을 떠올려 볼 때 어른들이 착하다는 표현을 하는 몇 가지 상황들이 있었다. 그것은 정말 착해서 착하다는 표현을 하는 것이 아니라 착함을 강요당할 때가 대부분이었던 것 같다. 착하다는 표현은 보상처럼 주어지는 말이었다. 어른들이 보기에 합당한 일을 했거나, 무엇을 양보했을때 또는 불편한 상황에서 내 생각이나 감정을 드러내지 않고 잘 참고 견뎠을 때 보상이라도 하듯 착하다는 칭찬을 받았던 것으로 기억한다. 나는 착한 사람과 좋은 사람을 같은 뜻으로 이해하고 있었다.

'착하다'의 사전적 의미는 '언행이나 마음씨가 곱고 바르며 상냥하다'라는 뜻이다. 그 뜻 어디에도 나의 감정은 들어 있지 않다. 이는 상대의 평가일 따름이다. 누군가 착하다는 말로 나를 표현한다면, 이는 상대가 나의 행동과 심리를 본인의 뜻대로 교묘히 조종하기 위해 쓴 술책인 셈이다. 요즘은 '착하다'를 달리 표현하기도 한다. 착한 가격, 착한 몸매, 착한 소비 등. '착하다'라는 표현은 생각보다 가성비가 좋거나 기대 이상의 만족감을 느꼈을 때 쓰이기도 한다. 사람들은 특별한 개성이 없거나, 매력을 찾기 어려운 사람에게도 '착하다' 또는 '착한 사람 같다'라는 말로 그 사람을 대충 표현한다.

좋은 사람이란 어떤 사람을 말하는 것일까? 좋은 사람이란 심리적으로는 강한 성질을 가진 사람이라고도 볼 수 있고, 정신이 건강한 사람을 말할 수도 있다. 좋은 사람은 사회적인 면에서도 건강한 관계를 가진 인간을 뜻할 것이다. 그러나 좋은 사람이 절대로 만만한 사람은 아니다. 만만하고 무능하고 약한 사람이 좋은 사람이 될 수는 없다. 어떤 상황에서도 전혀 화를 내지 않는 사람 또한 좋은 사람이 아니다. 그들은 바보거나 속된 말로 호구인 것이다. 자신의 감정을 억누르고 손해를 보면서까지 좋은 사람이 되려고 할 이유는 없다. '이 정도면 좋은 사람으로 보이지 않을까?'라는 생각도 집어치워야 한다. 누군가 자발적인 양보와 희생을 했을 때 타인의 반응과 상관없이 기쁨을 느낄 수 있다면, 그가 바로 진정 좋은 사람이 됐다고 할 수 있다.

좋은 사람이란 뜻에는 착한 사람과 선한 사람이란 의미가 동시에 들어 있다. 이 의미를 제대로 알지 못하고 살았던 나는 착한 사람이면 무조건 좋은 사람이 될 수 있을 거라는 착각으로 원치 않는 양보와 배려를 해가 며 살아왔다. 남이 정의하고 바라보는 나에 집중하며 살아온 셈이다. 나를 좋은 사람이라고 평가해주는 시선이 뭐가 그리 중요했을까? 내 삶은 내가 주인이고, 내가 나를 정의하고 인정하는 것이 우선임을 미처 깨닫지 못한 나는 바보였다.

양보와 배려는 절대 한 번만으로 끝나지 않는다. 한 번이 두 번이 되고, 거듭된 나의 양보와 배려는 좋은 사람으로 포장되어 그들의 권리가 되어 버린다. 살면서 누구나 한두 번쯤은 나와 같은 경험을 했을 것이다. 내 마음이 원치 않는, 희생과 같은 양보와 배려는 결국 관계를 망친다. 그런 관계에서 나는 지치고, 상처받기 일쑤였다. 거절이라도 하려 하면 그때부터 나는 나쁜 사람으로 전락했고, 지금까지 쌓아온 좋은 사람의 이미지는 한 순간에 무너졌다. 인간은 누구나 이미 받은 아홉 개보다 받지 못한 한 개에 더욱 집착한다. 시간이 지나도 마찬가지다. 사람은 받지 못해 서운했던 한 가지만 기억하게 된다. 나 또한 예외는 아니었을 것이다.

나는 15년 차 보험설계사다. 영업이 주된 업무다 보니, 서비스 차원의 양보와 배려가 생활화됐다. 처음에는 나의 퇴근 시간을 양보했고, 주말을 양보했다. 지나서는 식사 시간을 양보했고, 가족과의 약속과 간혹 개인적인 일정도 미루거나 조정해야 했다. 나의 모든 생활은 온통 고객을 중심으로 돌아가고 있었다. 그렇게 하는 것이 진정한 설계사의 모습인 줄 알았다. 그들이 내게 건네주는 '좋은 사람', '프로다운 사람'이라는 칭찬에 더 열심히, 더 최선을 다해 양보와 배려를 쏟아부었다. 그 결과 나는 퇴근을 하고도 일했고, 아이들에게는 늘 주말에도 바쁜 엄마가 됐다. 고객들에게는 24시간 연중무휴 설계사로 인식됐다.

딸아이가 중학교 2학년 때의 일이다. 가을비가 내려서 날씨는 초겨울처럼 제법 쌀쌀했다. 아침에 우산을 챙겨가지 못한 아이가 학교 수업을 마치고 내게 전화했다.

"엄마, 우산이 없어요. 저 좀 데리러 와주실 수 있어요?"

마침 다음 일정이 없어서 딸아이에게 학교 근처 분식집에서 기다리고 있으라고 말을 해놓고, 사무실을 막 나가려던 때에 고객 한 분이 찾아오셨다. 근처 병원에 오셨다가 보험금 청구 서류를 전달해주고 가려고 들르셨다는 고객은 커피 한잔을 부탁하시고 30분이 넘도록 이런저런 이야기를 하시며 좀처럼 일어설 기미가 없어 보였다. 한 시간 가까이 이야기 삼매경에 빠져 있던 고객이 우산이 없다는 이유로 내게 집까지 차로 태워다줄 것을 부탁해왔다. 급히 딸아이에게 전화를 걸었다. 배터리가 다 된 것인지 전화가 꺼져 있었다. 고객님의 집까지는 왕복 1시간 가량이 걸렸다. 퇴근 시간과 겹쳐서 시내를 통과 하는 데만 30분 이상이 소요됐다. 하지만 일이 우선이었던 내게는 딸아이와의 약속보다 고객의 부탁이 먼저였다.

서둘러 딸아이와 약속한 분식집으로 이동했다. 불 꺼진 분식집 앞에서 비를 겨우 피해 쪼그려 앉아 있는 딸아이를 봤다. 그 모습을 보는 순간 목이 꽉 메었다. 딸아이를 서둘러 차에 태웠다. 손과 볼이 꽁꽁 얼어 있었다. 적반하장으로 괜스레 딸아이에게 화를 냈다. 딸아이는 우산도 없었지만, 지갑도 두고 왔던 터였다. 딸은 유독 숫기가 없고 부탁을 못 하는 아이다. 그런 딸에게는 3시간이 지나도록 엄마를 기다리는 것만이 최선의 방법이었을 것이다. 화를 내는 내게 딸은 울면서 죄송하다고 했다. 사실 나는 딸이 아니라 나 자신에게 화를 내고 있었다. 내가 일을 해서 돈을 버는 목적이 무엇이었던가? 눈물이 나려는 것을 애써 참으며 아무렇지 않은 척 집으로 향했다. 고객의 잘못도 아니었다. 고객은 늘 하던 대로 했을 뿐, 모든 책임은 내게 있었다.

나는 왜 착한 사람, 좋은 사람이 되고 싶었던 것일까? 누구에게 그런 평가를 받고 싶었던 것일까? 생각해 보면 그런 사람이 되는 것보다, 그런 사람으로 보이는 것에 충실했다. 이는 기준점이 스스로의 인정이나 만족이 아니라 타인에게 있다는 의미다. 보이는 나는 진정한 내가 아니다. 타인이 말하는 나의 장점인 착한 사람, 기준이 명확한 사람이라는 평가도 그들의 생각일 따름이다. 그들과의 관계 속에서 수없이 양보하고 배려했던 결과로 얻게 된 평가인 것이다. 결국 타인이 평가한 내 장점은 나와 가족에게는 커다란 단점이었다.

유튜브 채널 〈인생라떼 권마담〉은 "내가 나를 정의하지 않으면, 남이 나를 정의한다"라고 말했다. 이제부터 나는 남이 정의한 장점인 착한 사람, 좋은 사람으로 살지 않을 것이다. 모든 양보와 배려도 나와 내 감정이 우선이다. 그 또한 내가 인정할 수 있고, 행복감을 줄 수 있는 데에 기준점을 둘 것이다. 나의 장점도 내가 다시 정의해 본다. 나는 착한 사람이며 좋은 사람이다. 그리고 좋은 엄마이자, 동기부여가 되는 책 쓰는 보험설계사다.

잘 우는 여자가
잘 사는 여자다

언제부터인가 나는 눈물을 흘리지 않았다. 드라마를 봐도, 영화를 봐도, 그리고 슬픈 일이 생겨도 좀처럼 내 눈에서는 눈물을 보기가 어려웠다. 눈물을 흘린다는 것은 왠지 나약해 보이고 구질구질하다는 생각이 들어서였을까? 어쩌면 상대에게 허점을 보이는 게 싫어서였을 것이다. 어릴 적에도 나는 잘 울지 않는 아이였다. 잘 참는 아이, 그게 바로 나였다. 아파도 잘 참았다. 아픔을 참는 것보다 울음을 참는 것은 내게 더 쉬웠고, 그게 좋은 거라고 생각했다. 슬프지 않아서가 아니다. 아프지 않아서가 아니다. 내가 울면 더 슬퍼하실 어머니를 생각해서 그랬던 것 같다.

9살 때 갑자기 이복동생의 존재를 알게 됐다. 동생과 함께 살아야 하는 그 상황이 너무 불편했고, 아버지가 정말 많이 원망스러웠다. 친구들이나 주변 사람들에게 알려질 것을 생각하니 창피해서 어디에도 가고 싶지 않았다. 세상 사람들이 모두 우리 집 가정사로 수군거리는 것만 같았다. 그냥 쳐다보기만 했을 뿐인데도 모두 내 이야기를 하는 것만 같았다. 그러나 그때도 나는 울지 않았다. 너무나 창피하고 슬펐지만, 울지 않았다. 아버지가 돌아가셨을 때도 울지 않았다. 슬픔에 빠져 하염없이 눈물을 흘리시는 어머니도 이해할 수 없었다. 최선을 다해서 아무렇지 않은 척, 의연한 척, 어른인 척을 했다. 눈물을 흘리는 것이 아니라 삼키는 것으로 자연스럽게 받아들였던 것이다.

생각해 보면 내가 항상 울지 않았던 것은 아니다. 어머니를 보내드리고 나는 짐승처럼 울부짖었다. 그것은 슬픔이 아니라 고통과도 같았다. 심장이 뜯겨나가는 듯한 고통이었다. 팔다리가 부러진대도 그때의 고통과는 비교조차 할 수 없다. 몸의 상처는 치료하면 회복되지만, 마음의 상처는 치유도 어렵고 많은 시간이 필요했다. 어머니의 사십구재(四十九齋)를 마치고 신기한 꿈을 꿨다. 꿈에서 내가 간 곳은 처음 보는 학교였다. 사방에서 봄바람보다 따뜻하고 부드러운 바람이 불어왔고, 내 몸은 솜사탕처럼 가벼웠다. 누군가의 안내로 순간 이동해 어느 교실 앞에 도착했고, 창을 통해 교실 안을 볼 수 있었다. 거기에는 나무로 된 관들이 열을 맞춰 놓여 있었다. 그곳까지 나를 데려간 안내자는 교실 안에 있는 다른 안내자에게 무언가를 전달하고 홀연히 사라졌다.

그는 너무나 커서 내가 볼 수 있는 것은 겨우 그의 어깨 정도였다. 매우 단정한 화이트 톤의 차림을 한 그에게 위엄이 느껴졌다. 직감적으로 나는 문 안으로는 들어갈 수 없는 사람이라는 것을 알 수 있었다. 잠시 후 그가 교실 중앙으로 걸어가더니 하나의 관 앞에 멈춰서 노크를 했다. 그런데 관이 스르르 열리고 잠시 후 거기서 어머니가 걸어 나오시는 게 아닌가? 생전에 제일 좋아하셨던 원피스 차림을 하고 계셨다. 어머니가 그의 안내를 받아 내가 서 있는 문 앞까지 오셨다. 꿈에서도 나는 오열했다. 진짜 내 어머니셨다. 믿을 수가 없었다. 생전 그대로의 모습으로, 아니 더 아름답고 편안한 모습으로 내 앞에 서 계셨다. 그런데 만질 수가 없었다. 문 하나를 사이에 두고 나와 어머니의 세계가 나뉘어 있는 듯했다.

어머니의 음성이 머리로 들렸다. 나를 바라보며 하셨던 말씀이 아직도 생생하다.

"우리 딸, 엄마가 특별히 부탁해서 불렀어. 이제 그만 울어. 여기 있는 사람들이 울보 딸내미를 뒀다고 흉본다. 엄마 걱정은 하지 마. 엄마는 너무 편하고 괜찮아. 이제 다른 곳으로 갈 건데 여기는 잠깐 머물러 있는 곳이야. 엄마가 늘 지켜보고 있을게…."

나는 또 울고 있었다. 허락된 시간이 다 됐는지 어머니를 인도했던 안내자가 다가왔다. 그리고 어머니는 나오셨던 관으로 다시 들어가셨다. 꿈에서 깼다. 얼마나 울었던지 베개가 다 젖어 있었다. 매일 짐승처럼 울부짖던 딸의 모습을 보고 계셨던 모양이다. 사람이 죽게 되면 사망한 날로부터 49일 동안 이승에서의 삶을 정리하는 시간을 갖는다고 한다. 가고 싶었던 곳, 보고 싶었던 사람, 생전에 살았던 집이나 좋아했던 곳을 돌아보는 시간을 가진다고 한다. 어머니는 남겨둔 딸이 목구멍의 가시처럼 걸려 있었던 것 같다. 당신의 소중한 49일을 깊은 슬픔에 빠져 있는 딸의 모습을 지켜보는 데 다 쓰셨을지도 모른다. 그날 이후 다시는 울지 않겠다고 다짐했다. 슬픔이 목구멍까지 차올라도 삼켰다. 나의 슬픔이 어머니의 카르마가 되지 않기를 소망하면서….

　하지만 울지 않는다고 해서 슬프지 않은 것은 아니다. 울지 않아서 슬픔이 더욱 깊숙이 자리를 잡는 경우도 있다. 나의 경우가 그렇다. 슬프면 울 줄도 알아야 한다. 그래야 마음이 병들지 않는다. 소리 내어 통곡하고 시원해질 때까지 울어야 한다. 나의 내면이 나에게 아픔을 호소하고 있음에도 외면해버린다면, 슬픔은 어느 순간 다른 감정과 만나 예상치 못한 방향으로 표출되고 흘러가기도 한다. 나의 내면을 들여다본다는 것이 유쾌할 리가 없었다. 슬픔뿐인 내면을 들여다보는 일은 짜증나고 불쾌한 일이었을 게다. 그런 내게 하물며 타인의 감정을 이해하고 공감하는 것은 짐이었다. 감정은 공감하는 것이 아니라 공감되는 것이지만, 슬픔을 눌러 담을 줄만 알던 내가 타인의 감정에 공감하는 것은 쉽지 않은 일이었다. 마치 감정 난독증이라고 할 수 있겠다.

　'비워야 비로소 채워진다'라는 말이 있다. 감정도 마찬가지다. 마음 저편으로 미뤄두고 눌러 담아둘 것이 못 된다. 과감히 버려야 한다. 슬프면 슬픈 대로 토해내야 한다. 음식도 체하면 토해내야 하듯이 감정도 마찬가지다. 비우면 공간이 생긴다. 그 공간을 좋은 것들로 다시 채우면 된다. 공간이 생기면 자연스레 마음이 가벼워지고 소통의 통로가 생긴다. 나와의 소통이 원활해야만 타인과의 소통도 원활해진다.

꽤 오랜 세월 나는 괜찮은 척 살아왔다. 괜찮아야만 했다. 그것이 옳은 삶이고, 내가 선택하고 결정한 삶에 대한 예의라고 생각했다. 그러나 그것은 결국에는 무너져버릴 깡다구였고 허세였다. 내면의 감정을 마주할 용기가 없어서, 그것을 감당하기 어려워서 미뤄둔 것일 수도 있겠다.

15년 차 보험설계사로 일하면서 많은 교훈을 얻었다. 설계사의 일이라면 단순히 보험 상품을 파는 일이라고 생각할지 모르겠다. 하지만 나의 일은 고객의 마음에 공감하고 이해하는 것부터 시작된다. 그들의 몸과 마음, 가족력과 가족사, 심지어 재정 상태까지도 알아야 한다. 고객 스스로 편안하게 이야기할 수 있도록 공감하고 귀 기울여야 한다. 모든 것은 정보이고, 고객의 만족도를 높일 수 있는 컨설팅의 기초가 된다. 절대적으로 공감 능력이 필요한 상황이다. 일하면서 나는 감정을 비우는 방법을 조금씩 배우게 됐다. 고객의 감정을 담아줄 공간이 필요하기도 했지만, 담긴 감정을 그때그때 비우는 것이 중요했다. 내가 아닌 타인의 감정을 오래도록 담아두는 것 또한 독이 될 수 있기 때문이다. 그러면서 함께 담긴 나의 불편하고 불필요한 감정도 비운다. 상처가 생겼다면, 치료하고 치유해준다. 절대 상처를 회피하거나 방치하지 않는다. 적절한 시기의 적절한 치유는 내면을 알아차리는 데 필수적 요소이기 때문이다.

이제부터 나는 잘 우는 여자로 살아갈 것이다. 슬플 때 소리 내 울 수 있는 사람이 잘 사는 사람이라는 생각이다. 상처 받았던 나, 내면의 나를 위로하고 슬픔에서 꺼내줄 것이다. 누구의 감정보다도 내 감정을 먼저 챙기고 돌봐줄 것이다. 눈물이 멈춘 말간 눈으로 다시 세상을 보게 될 것이다. 앞으로의 내 삶은 내면으로부터 충만해질 것이다. 의식의 차원을 높여갈 것이며, 그물에 걸리지 않는 바람과 같이, 무소의 뿔처럼 당당하게 걸어갈 것이다.

열심히 산다고
잘 사는 것은 아니다

나의 프로필 메시지는 오랫동안 '언제나 직진'이었다. 앞만 보고 열심히 달려가는 내 모습을 대변하는 한 줄의 메시지다. 뒤도, 옆도 돌아볼 겨를이 없이 열심히, 오로지 직진만 하며 살아왔다. 혹시나 다른 곳에 눈을 돌리게 되면 그 자리에 멈춰서고 싶어질 것 같아서 숨이 턱까지 차올라도 달렸다. 나는 나를 잘 안다. 내 안에 숨겨진 욕망들이 나를 흔들어댈 것이 두려웠을 게다. 달리고 있으면서도 '조금만 더'를 외치며 스스로를 담금질했다. 그렇다고 살아온 삶에 대한 후회나 미련을 말하려는 것은 아니다. 앞만 보고 달리면서 나름의 성공도 이루었고, 어떤 이들에게는 멘토가 되어주기도 했으니 말이다. 그러나 그렇게 살아오면서 가슴 한 부분은 늘 공허했다. 흔히 말하는 관계 속의 외로움과는 차원이 다른 목마름이었다. 매출이 상승하고 수입이 늘면서, 삶은 조금씩 나아지고 있었지만 좀처럼 채워지지 않는 어떤 것이 있었다.

열심히 산다는 것은 과연 무엇일까? 열심히 일하는 것일까? 열심히 돈을 버는 것일까? 아니면 열심히 밥을 먹고, 노는 것일까? 열심히 사는 것이 무엇일까에 대해 한번 생각해 보았다. 열심히 산다는 것은 객관적인 기준과 주관적인 기준 모두 충족해야 할 것이다. 내가 아무리 열심히 산다고 해도 타인에게 인정받을 수 없다면, 그것은 자기만족에 지나지 않는다. 또한 타인의 눈에 열심히 사는 것처럼 보여도 스스로가 만족할 수 없다면 그 또한 열심히 산다고 할 수 없다. 열심히 사는 삶은 나를 만족시키는 것은 물론이고, 타인에게까지 인정받을 수 있는 삶이어야 한다는 것이 내 생각이다. 나와 타인 모두가 인정할 수 있는 '열심히 사는 삶'은 과정과 결과 모두를 빛나게 할 것이다.

열심히 산다는 기준이 자신일 때의 만족도와 자존감은, 타인을 기준 삼는 사람보다 높을 수 있다. 자신을 칭찬하고 용기를 북돋으며 활기차게 생활해나가는 방법이 될 수도 있고, 가끔은 열심히 살아온 것에 대한 보상으로 일상에서의 탈출을 꿈꿀 수도 있다. 일상으로 언제든 빠른 복귀를 할 수 있다는 전제하에 약간의 일탈은 아무런 문제가 되지 않는다. 오히려 삶의 활력이나 에너지 충전의 기회가 되기도 한다. 다만, 일탈이 주는 달콤함에 빠져 복귀의 타이밍을 놓쳐버리면, 열심히 살아온 삶은 한순간에 나락으로 빠지게 된다. "열심히 일한 당신 떠나라"라는 광고 문구를 본 적이 있다. 이는 열심히 사느라 지쳐 있는 사람들에게 일상에서 벗어나 어디론가 떠나고 싶도록 하는 욕구에 불을 댕긴다. 그러나 떠났다면 재정비하고 다시 돌아와야 한다. 에너지를 충전하는 것이 다시 잘 살기 위한 목적임을 잊어서는 안 된다.

열심히 산다고 좋은 결과가 보장되는 것일까? 반드시 그런 것만은 아니다. 고등학교 때 친구가 떠오른다. 누구보다 열심히 학교생활을 하는 친구가 있었다. 등교도 1등이고, 청소도 솔선수범이고, 과제도 빠짐없이 잘 해왔다. 당시에는 야간 자율학습이라는 것이 있었다. 지금은 비효율적인 시간 낭비처럼 여길 테지만, 그때는 그것이 일반적이었다. 자율학습의 마무리는 항상 무지 공책을 빡빡하게 채운 깜지를 내는 것이었다. 친구는 깜지 제출도 1등이었다. 나는 한 장도 어려웠는데 친구는 두 장, 세 장은 기본으로 제출했다. 열심히 하는 것으로 말하자면, 친구는 전교 1등이 됐어야 한다. 그러나 그런 친구의 성적은 그녀의 노력을 배신했다. 안타까운 것은 졸업할 때까지도 친구의 성적은 그 자리를 유지하고 있었다는 사실이다. 이처럼 목표와 방향이 잘못된 열심은 몸만 고되게 만든다. 회사에서도 비슷한 사람들을 보게 된다. 남들보다 두 배 이상의 시간을 들이고 일하는데도 좀처럼 성과가 오르지 않는 사람들을 볼 수 있다. 안타까울 정도다. 열심히 사는 것이 반드시 좋은 결과나 성과의 기반이 아니라는 것의 반증인 셈이다.

세상은 빠르게 변하고 있다. 별자리를 읽어주는 메신저들은 저마다 바람의 시대에 도달했다고 말한다. 이는 세상이 바람처럼 빠르게 변한다는 의미이기도 하다. 땅의 시대에서 '열심히 산다'는 것은 모든 성공의 기반이었던 게 확실하다. 단순히 생산성을 높이는 것이 목표라면 근면과 성실은 기본일 수밖에 없다. 그러나 이제는 시대가 바뀌었다. 요즘은 가성비와 가심비(價心比)를 말하는 시대가 됐다. 적은 시간과 노력으로 가치를 극대화하는 것이 요즘의 방식이고, 그것이 만족도까지 높여준다면 경쟁력이 된다.

사람들은 디지털 노마드(Digital nomade) 시대를 말하고, 시간이 돈이 되는 시대가 됐다고 한다. 시간과 정보와 공간을 얼마나 효율적으로 활용하느냐에 따라서 빠르게 성공하고, 빠르게 부를 축적할 수 있는 기회가 주어지는 시대가 된 것이다. 이때 열심히 사는 것은 기본이다. 하루를 25시간처럼 살아온 내 삶을 재해석해 본다. 25시간처럼 사는 것은 노동의 극대화를 의미하는 것이 아니었다. 24시간을 25시간의 효율성으로, 시간의 가치를 높여 살아가야 함을 의미한다는 것을 깨닫게 됐다.

목표와 방향이 명확하지 않은 노력은 노동이 된다. 이는 그저 열심히 사는 것을 위한 삶이고, 서울을 가야 할 사람이 부산으로 가는 것과 다름없는 일이다. 앞만 보고 열심히 달려갔지만, 도착한 곳은 가야 할 곳과 전혀 다른 곳이 된다. 열심히 달려갔으니, 빠르게 다른 곳에 도착한 것이고, 결국 목적지까지 가는 길은 훨씬 더 멀어진 셈이다. 나의 경우도 마찬가지다. 보험설계사로 일을 시작하면서 가장 어려웠던 것은 각기 다른 상품에 대한 이해와 분석이었다. 고객을 만나서 컨설팅을 해야 청약이 되고 돈도 벌 텐데, 상품을 제대로 알지 못하니 자신감이 떨어졌고 컨설팅 하는 일이 쉬웠을 리가 없다. 책상 앞에 붙어 있는 시간은 점점 늘어났고, 생각의 늪으로 빠지게 됐다. 알면 알수록 머릿속만 복잡했다.

매일 저녁 퇴근도 못 하고 고민에 빠진 내게, 경력 20년 차 선배가 경험과 지혜를 나눠주셨다. 신입이 퇴근도 못하고 열심히 하는 모습이 몹시 안쓰러웠던 모양이었다. 선배는 내게 이런 말씀을 하셨다.

"미경 씨! 뭐가 그렇게 안 풀려서 이 시간까지 있어요?"

나는 내 마음을 들킨 것 같아서 눈물이 왈칵 쏟아지려는 것을 겨우 참았다.

"선배님, 상품이 너무 어려워요. 이걸 어떻게 다 외워요?"

선배는 온화한 미소로 차를 한잔 마시자며, 책상 앞에서 떠나지 못하고 있는 나를 탕비실로 데려갔다. 향이 좋은 차를 한잔 주시면서 말씀을 이어가셨다.

"미경 씨, 상품을 공부하지 말고 고객을 만나 고객을 공부하세요. 우리 일이 상품을 판매하는 일 같지만 그렇지 않아요. 고객을 만나서 고객의 마음을 알아내는 것이 우선이에요. 고객이 무엇을 원하는지, 무엇이 부족한지 그것만 제대로 파악한다면 일의 80%는 끝난 거예요. 상품은 그다음이죠. 그때그때 하나씩 배우면 되고, 상품은 개발자들이 완벽하게 잘 만들어 놓았으니 고객의 입맛에 맞게 잘 골라서 팔면 되는 거예요. 어렵게 생각할 것 없어요. 내일부터는 책상 앞에 있는 시간보다, 고객 앞에 있는 시간이 더 많아야 해요."

순간 머릿속에서 반짝하고 전구가 켜졌다. 나를 방해하는 것은 내 안의 두려움이었다. 두려움은 자존감과 자신감 모두를 바닥으로 끌어내렸다. 생각과 고민은 늪이 됐고, 나는 그곳으로 빨려들어 가고 있었던 것이다. 하마터면 열심히 상품과 약관을 파면서 책상에 붙은 매미로 살아갈 뻔했다. 그때 선배가 주신 빛과 같은 말씀은 내 생각의 방향을 바꿔주었고, 나는 지금도 종종 고민하는 후배들에게 선배에게서 얻은 지혜를 꺼내준다.

나는 더 이상 열심히만 살지 않을 것이다. 열심히 잘 살아갈 것이다. 고객을 만나는 일은 내게 더 이상 두려움이 아니다. 새로운 고객과의 만남은 늘 설레고, 묘한 호기심을 갖게 한다. 나의 일로 그들을 도와줄 수 있다고 생각하면 마음이 따뜻해짐을 느낀다. 만족스러운 컨설팅으로 청약까지 성사가 되면 뿌듯함은 배가 된다. 바로 이 맛이다. 매달 새로운 상품들이 쏟아져도 나는 더 이상 상품이 어렵지 않다. 점점 더 복잡한 구조로 개발되고 있다 해도 전혀 두렵지 않다. 나에게는 우수한 개발자들의 두뇌와 과학적인 시스템을 언제든 활용할 수 있는 무기가 있기 때문이다. 모든 것을 다 잘할 수 없다. 잘할 수 없는 것을 열심히 한다는 것은 시간 낭비다. 나는 내가 잘하는 것에 시간과 노력을 기울여야 한다. 그것이야말로 이 시대에 걸맞게 열심히 잘 살아가는 방법이 아닐까 생각한다.

최선을 다해서
평범하고 싶었다

　누군가 내게 어떤 삶을 살고 싶은지 물으면 나는 단 1초의 망설임도 없이 "남들처럼 평범한 삶을 살고 싶어요"라고 말한다. 나는 왜 평범하게 살고 싶었던 것일까? 그것은 내가 변화무쌍한 삶을 살아왔기 때문이다. 평범한 삶을 바라기에는 내 삶은 시작부터가 평범함과 거리가 멀었다. 태어나면서부터 남달랐고, 독특한 가족사를 가졌으며, 지금의 삶 또한 그리 평범하지만은 않다. 내가 생각하는 평범한 삶이란 무엇일까.

　내 나이 오십 하고도 중반이다. 이 나이에 평범한 삶이라고 한다면, 남편과 자녀는 둘쯤, 일찍 결혼했더라면 자녀 중 첫째 아이는 결혼을 했을 것이고, 둘째 아이는 학업을 하거나, 직장생활을 하고 있을 것이다. 남편이 벌어다 주는 월급을 살뜰히 모아서 산 자가 아파트 한 채가 있을 것이고, 준중형 승용차 한 대와 남편의 퇴직 후 귀촌해서 노후를 유유자적하게 보내고 싶은 소박한 꿈을 지닌 삶일 것이다. 이것이 내가 생각하는 평범한 삶이다.

내가 생각하는 평범한 삶은 어찌 보면 지금의 나와는 반대의 삶인 것 같다. 이쪽에서 강 건너의 삶을 넘어 보며 무언가 대단할 거라는 기대에 찬 로망이 있었다. 그래서 더 갈망한 삶일 수 있겠다 싶다. 지인들 중 몇몇은 내가 정의하는 평범한 삶의 범주에 들어있는 사람이 있다. 참으로 아이러니하게도 내가 그토록 원하는 삶을 살고 있으면서도 그들 중에 행복하다고 말하는 사람이 별로 없다. 오히려 대부분은 나의 삶을 부러워하거나, 성공한 삶이라고 생각한다. 그들 역시 나의 반대편에서 나의 삶을 갈망하는 것이 아닐까.

평범한 삶이 과연 행복한 삶인가? 반드시 그렇지만은 않다는 게 결론이다. 행복은 각자 자기 삶에 대한 만족도의 결과다. 평범해 보이는 삶을 산다고 해도 각자가 느끼는 삶의 질과 행복감은 별개 문제다. 나는 싱글맘이다. 남편이 벌어다 주는 월급이 없다. 나는 엄마이며 동시에 아빠다. 웬만한 남편만큼은 벌고, 독특한 가족사를 가졌으며, 부모님은 모두 일찍 세상을 떠나셨다. 이복동생도 있다. 조금 이른 듯하지만 손주도 봤다. 어느 하나 평범함과는 거리가 멀다. 그러나 이런 내 삶을 부러워하는 사람도 있다. 나보다 훨씬 좋은 환경에서 가진 것이 많음에도 불구하고, 그들은 불행하다고 말한다. 내가 그토록 원하는 삶을 살고 있는데도 말이다. 이쯤 되면 평범한 삶이 반드시 행복한 삶은 아니라는 것이 증명된 셈이다.

그들이 행복하지 않다고 생각하는 이유는 천차만별이다. 누구는 아이가 자기 뜻대로 살아주지 않아서 불행하다 하고, 또 누구는 남편의 무관심에 불행해한다. 시댁과의 갈등으로 불행한 사람도 있고, 참으로 안타까운 일이지만 모든 것을 다 가지고도 건강이 나빠 불행한 사람도 있다. 그들은 가진 것이 많음에도 불구하고, 가지지 못한 것들에 집중하며 자신을 불행의 늪으로 밀어 넣는다. 내 보기에는 '그쯤이야' 싶은 것들도 그들에게 불행의 원인이 된다. 최선을 다해서 자신이 불행하다는 것을 증명이라도 하듯, 할 수 없는 것과 가질 수 없는 것에 집중한다. 충분히 행복하고 평범한 삶으로 보이는데도 세상에서 제일 불행한 사람처럼 말하고 위로받길 원한다.

내가 원하는 삶은 결국 평온한 삶이고, 행복한 삶이었다. 아무 일도 벌어지지 않는 무난한 삶. 매일 반복되는 일상 속 익숙한 습관과 행동들. 생각해 보니 그다지 갈망할 만한 삶이 아닌 게 분명해졌다. 그런데 고난과 시련의 삶을 살면서도 내가 그 속에서 남들보다 행복감이 높은 데는 그럴 만한 이유가 있다. 나는 평범함의 소중함을 누구보다 잘 알고 있기 때문이다. 나는 내가 살아온 삶을 통해 그 소중함과 감사함을 깨달았다. 어둠을 경험한 사람만이 빛의 소중함을 알 수 있듯이 평범한 삶이 얼마나 행복하고 감사한 것인지 나는 알게 된 것이다.

매일 똑같은 삶을 살면서, 행복해지고 싶다는 것은 도둑놈 심보다. 아무 일도 하지 않으면서 인생이 바뀌기를 원하는 것과 같은 맥락이다. 도

전 없이는 성공도 없다. 아무 일도 하지 않으면 아무것도 얻을 수 없다. 행복감에도 예외는 없다. 행복한 삶은 만족스러운 삶일 테니, 그것을 지키고 얻는 것에도 남다른 노력이 필요한 것이다.

나는 매일 똑같은 삶을 살지 않는다. 반복되는 것처럼 보일지라도 내게는 매일이 다른 삶이다. 어제의 나와 오늘의 내가 다르다. 매일 아침 새로 태어나는 기분으로 하루를 시작한다. 매일이 도전이고 성장이다. 그리고 감사함이다. 성공한 사람들의 삶을 들여다보면 평범했던 사람은 하나도 없다. 그들은 엄청난 시련을 넘어섰고, 생각과 행동 역시 특별했다. 특별한 그들의 삶은 탁월한 삶이 된다. 그들 역시 적당히 포기하고 적당히 안주하며, 현실과 타협하는 삶을 살았다면, 결코 성공이라는 열매를 얻을 수 없었으리라.

이소영 저자의 《모지스 할머니, 평범한 삶의 행복을 그리다》 속 모지스 할머니는 평범한 농부의 딸로 태어났다. 할머니는 어렸을 때는 농사일을 도우면서 자랐고, 이후에는 가정 형편을 위해 그 시절의 많은 여성과 같이 가정부 일을 하면서 살았다. 이후 결혼하고 남편과 함께 농사일을 계속했다. 사이사이에 취미인 뜨개질을 하시며, 아이를 낳고 기르고, 농사를 지으며 평범하게 살아갔다. 나이가 많이 들면서 할머니는 뜨개질을 하기 어려워졌다. 이때 딸의 추천을 받아 그림을 그리기 시작했고, 할머니는 이를 즐기며 꾸준히 그림을 그렸다. 그렇게 만들어진 그림은 가끔 선물하기도 했다. 한 약국에 선물해 걸려 있던 할머니의 그림이 미술품 판매상의 눈에 띄면서 모지스 할머니는 유명해지기 시작했다. 그림에는 모지스 할머니가 평생 경험했던 평범한 농장의 생활과 일상의 모습이 담겨 있었고, 이는 수많은 사람에게 향수를 불러일으켰다. 모지스 할머니는 그림을 전문적으로 배운 화가가 아니었다. 다만 매일 꾸준하게 하고 싶은 것과 해야 할 것을 하며 살아왔다. 그렇게 할머니는 '평범함'이라는 이름의 그림 속에서 행복과 아름다움을 전해주는 화가가 됐다. 할머니의 이야기에서 나는 평범하게 꾸준히, 해야 할 것과 하고 싶은 것을 하는 것의 힘을 새삼 깨닫게 된다.

행복한 삶을 살아간다는 것은 매우 간단한 일인 듯하지만, 누구나 행복할 삶을 살 수 있는 것은 아니다. 행복도 노력이고, 꾸준함이다. 타인의 삶이 행복해 보인다고 해도 나와는 별개의 문제일 수 있다. 내가 그들과 같은 삶을 산다고 해도 마찬가지일 것이다. 각자의 삶이 다른 것처럼, 각자 행복의 기준점과 가치도 다르다. 나의 독특한 삶과 시련들은 오히려 평범하고 행복한 삶에 대한 가치를 알게 해줬다. 내 삶에 동기부여가 됐으며, 삶을 도전하고 노력하는 가치 있는 것으로 만들어줬다. 시련과 고통은 감사함이 되어 나를 단단한 사람으로 만들어주었고, 비슷한 시련을 겪는 사람들에 진심으로 공감할 수 있게 해줬다. 때로는 시련 속에서 얻은 삶의 지혜를 나눠줄 수도 있었다. 내가 잘하는 것이 무엇인지도 알게 됐다. 행복한 삶이란 내가 잘하는 것을 하면서 즐거움을 느끼고 그것이 수익과 성공으로 이어져, 나아가 누군가에게 위로와 동기부여가 되어줄 수 있는 삶이 아닐까 생각한다. 그렇게 작은 행복을 매일매일 쌓아가다 보면 행복한 인생이 될 것이다.

나는 매일 아침 감사함으로 하루를 시작한다. 오늘 만나는 새로운 날에 감사하고, 숨 쉬고 먹고 마실 수 있음에 감사한다. 감사함으로 시작된 하루는 감사로 넘쳐난다. 가끔 원하는 방향으로 삶이 흘러가지 않는다고 해도 감사한다. 이 모두는 내 삶이 더 좋은 방향으로 흘러가기 위한 잠깐의 멈춤임을 나는 알기 때문이다. 이제는 평범하지 않아도 괜찮다. 평범하지 않다는 것은 특별함이고, 비범함임을 알고 있기 때문이다.

나도 내가 누구인지
모를 때가 많다

나는 누구인가? 누구든지 살면서 한 번쯤은 던져본 질문이 아닐까. 전화를 걸기만 해도 수화기 너머에서 "누구세요?"라는 말을 듣게 되고, 그때마다 사람들은 다양한 자신을 소개하곤 한다. 자기의 이름을 말하기도 하고, 가족 안에서의 역할을 말하기도 하고, 직업상 소속과 직위로 답하기도 한다. 삶 속에서 만들어진 각기 다른 자신을 이야기하는 것이다.

그러므로 나이를 먹을수록 다르게 불리는 내가 많아진다. 새로운 책을 펼쳤을 때 나는 제일 먼저 작가 소개를 본다. 어떤 작가는 간단히 몇 줄로 자신을 표현하는가 하면, 또 어떤 작가는 졸업한 학교부터 수상 경력과 자격증까지 자신의 정보를 빼곡히 나열한다. 이때 엄청난 경력을 자랑하는 작가들을 보면 절로 거리감이 느껴진다. 나와는 다른 세상에 사는 사람이구나 하는 자격지심도 든다.

학교를 졸업하고 서너 번의 이력서를 썼던 것 같다. 이력서를 처음 썼을 때의 기억이 떠오른다. 내가 처음 이력서를 작성한 것은 보험 일을 시작했을 때였다. 이력서 양식을 앞에 두고 무엇부터 써야 할지 생각나지 않아 애꿎은 볼펜 버튼만 똑딱였다. 그러다 졸업 연도를 되짚어가며 학력란에 겨우 세 줄을 채워 넣었다. 그리고 나서 증명사진을 붙였다. 자격증이라곤 운전면허가 전부였다. 그렇다고 이혼 경력을 써넣을 순 없지 않은가. 이력서에 붙인 사진을 보며 나 자신이 아무것도 아닌 것 같아 너무 한심스러웠다. 한참 고민 끝에 새로운 이력서 한 장을 꺼내 놓고 당시의 내 처지를 솔직히 쓰리라 마음먹었다. 이력서에 이름과 주민등록번호, 주소 따위의 기본정보를 딱 세 줄 적었다. 그런 후 신입 교육을 받으면서 내 가슴을 뛰게 했던 설계사로서의 사명을 적었다.

첫 번째, 혼자서도 두 남매를 잘 키우고 싶습니다.
두 번째, 이곳에서 꼭 돈을 벌어 성공하고 싶습니다.
세 번째, 저는 ○○생명이 너무 좋습니다.
내가 사랑하는 사람과 나를 아는 모든 사람이 준비 없이
미래의 고난과 역경에 처하지 않도록 최선을 다해 돕겠습니다.

이제야 생각해 보니, 참으로 황당하기 짝이 없는 이력서가 아니었는가 싶다. 이력서를 제출하고 지점장님의 호출이 있었다. 차를 한 잔 내주시며 내가 제출한 이력서를 찬찬히 훑어보시는 것이었다. 지점장님은 얼굴 가득 웃음을 머금으셨고, 순간 내 얼굴이 빨갛게 달아올랐다. 나는 창

피함을 무릅쓰고 말했다. 처음 써보는 이력서고, 경력이라고 쓸 만한 이력이 아무것도 없어서 그렇게 쓸 수밖에 없었다고 말했다. 마음속으로는 내가 너무 형편없는 사람 같아 창피하고 한심스러웠다. '회사가 나를 거부하면 어쩌나…' 하는 걱정과 후회가 밀려왔다. 그게 기우라는 것을 곧 알게 됐지만 말이다. 지점장님께서는 이런 특이한 이력서는 처음 본다고 하셨다. 지금까지 보아온 수많은 이력서 중 최고라는 말씀과 함께 호탕하게 웃으시며 크게 성공할 인재라는 칭찬과 격려도 아끼지 않으셨다. 훗날 지점장님께서는 그때 내가 쓴 단 몇 줄의 이력서에서 신입이 가져야 할 열정과 간절함 모두를 보셨다고 했다. 나의 솔직함이 경쟁력이 된 셈이다.

나는 내가 어떤 사람인지 모른 채 살아왔다. 무엇을 잘하는지, 무엇을 원하는지, 또 무엇에 가슴 뛰는 사람인지, 제대로 생각해본 적이 없었다. 시련이 닥치면 그때그때 문제를 해결하기 바쁜 삶을 살아왔다. 그야말로 전략도, 전술도 없이 전투를 반복하며 하루하루를 살았던 셈이다. 전략과 전술이 없는 전투는 맨땅에 헤딩이나 다름없다. 언제 닥칠지 모르는 힘들고 어려운 상황들에 늘 긴장하며 날을 세우고 살아야 했고, 나는 그렇게 살았다. 적어도 내가 잘하는 게 무엇인지 정도는 알고 살아야 했다. 그게 결국은 나를 방어하는 최소한의 무기가 되어주고 필살기가 되어줄 테니 말이다.

사람들은 누구나 대단한 경력과 자격을 보유해야만 사회로부터 인정받고 특별한 삶을 살 수 있으리라 생각한다. 나도 예외는 아니었다. 이력서를 앞에 두고 무엇을 써넣어야 할지 고민하던 나의 모습을 되돌아 볼 때, 많은 사람이 같은 고민을 해 봤을 거라고 생각한다.

당시 나는 내가 특별한 존재임을 알지 못했을뿐더러, 나를 평가하는 기준점도 내가 아닌 타인이었던 것 같다. 나는 내가 지구상에 하나밖에 없는 존재이며, 내 삶과 경험도 유일무이하고 특별하다는 것을 알지 못했다. 그래서 타인과 나를 비교하며 스스로 작아졌던 것이리라. 의식 차원과 자존감 또한 낮았던 나는 내가 얼마나 특별하고 위대한 존재인지 알지 못했다. 스스로 괜찮은 사람으로 인정하기보다 남에게 괜찮은 사람으로 인정받는 데 더욱 집중했던 탓이다.

살면서 의식 차원이 높거나, 있는 그대로의 나를 편견 없이 바라봐주는 진실한 스승을 만나기도 했다. 그런 이들은 나에게 행운을 가져다주는 귀인이었다. 보험 세계에 입문할 때 한 장의 이력서를 통해 나를 발견해주신 그분이 내게 귀인이었던 것처럼.

그러나 전에는 그렇게 힘과 용기를 북돋워 주고 동기부여 해주는 많은 사람이 있음을 깨닫지도 못한 채 살았다. 그게 얼마나 소중하고 귀한 선물인지 조금 더 일찍 알았더라면, 나도 누군가에게서 받은 선물을 되돌려주며 좀 더 가치 있는 삶을 살지 않았을까. 그래도 결국은 그들이 내게 전해준 힘 있는 성공 메시지는 마법처럼 나를 이끌었고, 나를 가능성 있는 사람으로 만들어줬다. 나의 간절함과 용기가 귀인들을 통해 빛을 발한 셈이다.

일을 시작하고, 열심히 살아온 덕에 차곡차곡 돈이 쌓이기 시작했다. 방 하나를 더 늘려서 이사했고, 대출도 거의 없이 내 집을 마련하기에 이르렀다. 오래된 아파트이긴 했지만, 내가 번 돈으로 장만한 첫 재산이었다. 꿈을 이룬 것 같은 행복감에 가슴이 뿌듯했고, 하루하루가 즐거웠다.

열심히 살아온 내게 선물도 주었다. 평소 눈에만 담아뒀던 값나가는 옷과 구두 그리고 가방을 한두 개씩 사들였다. 친구들과 지인들을 만나 밥을 사기도 하고, 좋은 곳으로 여행을 다니기도 했다. 모임도 늘어났다. 한동안은 이혼녀라는 자격지심도 있었지만, 그보다는 시간적으로도, 경제적으로도 여유롭지 못해 모든 만남을 꺼려왔다. 그러던 내가 자주 모임에 나가기 시작했고, 자연스럽게 술자리도 늘어났다. 나는 이 모든 만남이 영업을 위한 인맥 관리 차원이라고 합리화하기 바빴다.

삶의 패턴이 바뀌면서 만나는 사람들도 바뀌었다. 다양한 업종에 종사하는 사업가들도 알게 됐다. 나는 조금 더 좋은 조건으로 회사도 옮겼다. 오래도록 나를 지켜보고 계셨던 새 회사의 대표님이 스카우트 제의를 해오셨다. 어머니처럼 따뜻하고 정이 많은 분이시지만, 일할 때는 누구보다도 카리스마가 넘치고 예리한 분이기도 하셨다. 이직하면서 크게 두려움은 없었다. 오히려 자신감이 충만했다. 지금까지 해왔던 대로 열심히만 하면, 인맥도 두터워지고, 거칠 게 없으리라 생각했다. 자신감을 넘어 자만심으로 가득 차 있었다. 그 누구의 조언도 달갑지 않았다. 회사를 옮기고 나서 한 고객과 고액의 계약을 성사시키기도 했다.

그러나 기회는 고난과 시련 뒤에 숨어 있다고 하듯, 불행 역시도 마찬가지다. 불행은 행복감에 젖어 자만하는 순간, 기다렸다는 듯이 허를 찌른다. 새로운 모임에서 소개받은 고객은 공장을 경영하는 사업가였다. 항상 바삐 일하시는 분이었고, 식사 때도 걸려 오는 전화로 인해 밥조차 제대로 드실 수 없는 분이셨다. 나는 속으로 '참 열심히 사는 분이구나' 생각했다.

당시 우리 회사 대표님은 내게 몇 차례나 그 공장을 방문해보라고 당부하셨다. 검색해보니 명함에 나와 있는 회사 대표와 등록된 대표가 다른 사람이라고 하시면서 합리적 의심이 드는 상황이라며 몇 번이나 말씀하셨다. 그러면서 내게 물으셨다.

"미경 씨! 혹시 그 회사에 투자한 건 아니지?"

순간 가슴이 철렁 내려앉았다. 고액의 계약이 체결된 데다, 윈윈(win—win)하자는 사장님의 말씀에 이미 5,000만 원이라는 거금을 투자했기 때문이었다. 걱정거리는 빠르게 현실에 나타났다. 보험료가 미납되기 시작했고, 고객은 전화도 받지 않았다. 급기야 찾아간 회사 앞에서 나는 주저앉고 말았다. 그 공장은 실소유자가 따로 있었고, 내가 투자한 그 사람은 이른바 바지사장이었던 것을 알게 됐다. 심지어 경리사원이라며 매번 전화를 받았던 사람 또한 그의 아내였다.

그렇게 나는 사기를 당했고, 또 한 번 세상이 무너져 내렸다. 많은 시간 동안 자책하고, 후회했다. 돈을 돌려받기 위해 법정 소송도 진행했지만 결국은 돈 낭비, 시간 낭비였다. 몸도, 마음도 더욱 힘들어졌다. 스트레스로 인해 원형탈모증이 생겼고, 술 없이는 잠 못 드는 밤이 늘었다.

그런 나를 일으켜 세워주시고 다시 정신 차리고 일할 수 있도록 도와주신 분이 우리 회사 대표님이다. 바로 나를 발견하고 스카우트해주신 그분이다. 그분은 내게 감사함을 알게 해주셨다. 그분은 내게 비록 돈은 잃었지만, 살아 있음에 감사하라고 하셨다. 내게는 나를 사랑하고 무조건 내 편이 되어주는 아이들과 지금의 나를 있게 해준 소중한 고객들이 있다며 감사하라고 하셨다. 참으로 소중한 깨달음을 내게 주신 분이다.

로버트 슈워츠(Robert Schwartz)는 그의 책《웰컴투 지구별》에서 이렇게 말한다. "살아가면서 겪게 되는 모든 고난과 시련은 태어나기 전의 영혼 단계에서 미리 계획한 시나리오"이며, "우리가 고난과 시련을 겪는 건 그걸 통해 얻은 경험과 지혜를 수집해 영적 차원을 높이는 게 목적"이라고 말이다. 이것을 미리 알았더라면 고난과 시련을 마주하는 내 마음과 태도도 더욱 단단하고 견고해졌을 것이다.

나는 이제 내가 누구인지 알고 있고, 내가 나를 정의한다. 나는 창조주의 영성을 닮은 특별한 존재이며, 내가 원하고 바라는 것은 그가 원하고 바라는 것이다. 삶의 모든 고난과 시련은 내가 만들어낸 시나리오다. 나는 의식의 확장을 통해 이를 알아차리고, 시련이 주는 경험과 지혜를 수집한다. 이것들은 누군가에게는 동기부여가 될 것이다. 나는 깨달음을 아낌없이 나눠줄 것이다. 내 삶의 모든 고난과 시련은 축복이고 선물이다. 나는 부를 나누고 선한 영향력을 행사하는 국민작가 The 이미경이다.

3장

지독한 시련은
내게 변형된 축복이었다

나에게 붙여놓은
이름표 떼어주기

얼마 전 부산에 사는 친구에게서 전화가 걸려왔다. "친구야~ 잘 있었나?"로 시작한 대화는 30분을 훌쩍 넘겼다. 친구는 절에 가는 것을 무척이나 좋아한다. 친구네 남편은 해운업을 하는 탓에 보름에 한 번씩 집에 오는데, 하나뿐인 아들마저도 일본 유학 중이다. 그런 친구의 몇 없는 낙은 경전을 읽거나 절에 다녀오는 것이다. 절에 가서 가만히 앉아 기도하고 있으면 마음이 끝없이 평온해진다고 한다. 그녀가 다니는 절은 이름만 대면 알 수 있는 유명한 사찰로 친구의 집에서 제일 가깝기도 하고, 가장 마음이 편해 그곳을 자주 간다고 했다.

전화가 걸려온 날도 친구는 절에 다녀온 모양이었다. 법당에서 기도하고 있는데 노보살 한 분이 들어와 함께 기도하게 됐다고 한다. 그곳은 오래된 데다 두세 명이 앉으면 다음 사람이 들어오기 어려울 만큼 좁은 곳이라, 노보살님은 뒤에 사람들이 기다리고 있는 게 몹시 불편했는지 친구에게 이렇게 말씀하셨단다.

"아이고, 젊은 보살님! 자리 좀 비켜줍시다. 서로 양보하며 살아야지, 그렇게 오래 앉아 있으면 되겠습니까? 공부한 사람답게 서로서로 도와줍시다."

그 말씀에 친구는 순간적으로 짜증이 밀려왔단다. 그렇게 말씀하실 게 아니라 솔선수범하시면 될 것을, 나이가 벼슬도 아닌데 양보를 강요당해 친구는 크게 언짢았던 모양이었다. 나는 친구에게 해줄 위로의 말이 딱히 떠오르지 않았다. 그저 "잊어버려. 어차피 양보해준 거니 그걸로 됐어. 기도 잘한 공 없어지게 짜증 내지 마라"라고 말해주었을 뿐이다. 그러자 친구는 "내가 너무 예민한 거니? 갱년기라 그런가…?"라고 되물었다. 나는 그도 그럴 수 있겠다 싶었다. 우리 나이에 필연적으로 찾아오는, 자연스러우면서도 무서운 게 갱년기 아닌가.

갱년기(更年期)는 '제2의 사춘기'라고도 불리는 40살에서 50살 사이의 시기다. 청년기와 장년기를 지나 노년기로 접어들기 전 시기로, 신체적으로나 정신적으로 급격한 변화를 일으킨다. 지금은 너도나도 100세 인생을 부르짖는 시대다. 만약 100세까지 산다면 갱년기를 겪는 것은 인생을 절반 정도 살았다는 뜻이 될 것이다.

갱년기의 갱(更)은 '다시', '고치다', '개선하다'라는 뜻이다. 뜻대로라면 갱년기는 100세 인생에서 노년기로 접어들기 전 몸과 마음을 재정비하는 시기일 테다. 그러니 신체적으로나 정신적으로 겪게 되는 현상들은 변화를 알아차리고, 야무지게 대비하라는 신호가 아닐까 생각한다. 따라서 갱년기는 피해가려 하기보다는 받아들이고, 준비하는 것이 옳을 것이다.

그렇다면 나는 지금 사춘기보다 무섭다는 바로 그 갱년기를 지나고 있는 셈 아닌가 싶었다. 나는 먼저 내게 신체적으로 어떤 변화가 있는지 살펴봤다. 가장 눈에 띄게 변한 것은 편안함을 추구하는 자세다. 예쁘게 보이려고 조금 불편해도 태가 살아 있는 옷을 고르던 일은 진즉 포기했다. 좋아하던 하이힐도 마찬가지다.

갱년기라서 그런지 다이어트도 예전처럼 쉽지 않다. 쉽게 찌고 더디 빠진다. 영양제나 건강 보조식품 섭취만 늘어나고 있다. 시력도 예전만 못하다. 소화력도 예외는 아니다. 적게 먹는데도 살은 찌고 있다. 쉽게 피로를 느끼고, 밤새워 무언가를 한다는 것은 상상조차 어렵다. 흰머리도 한둘씩 늘어나고, 눈가에는 어느새 굵은 주름이 잡혔다. 많이 웃어서 생긴 주름이라고 주장하기에는 깊게 파였다. 이런 변화를 느끼면서 나라고 우울하지 않을 수 있겠는가? 바쁘고 치열하게 살다 보니 이런 감정을 생각하고 돌아볼 겨를이 없었을 뿐이다.

나는 나에게 다가온 갱년기를 신이 주시는 신호로 받아들이기로 했다. 열심히 앞만 보고 내달려온 나의 인생 전반전과 다시 달려갈 후반전 사이에 잠시 쉼을 갖는 쉬는 시간으로 말이다. 이쯤에서 인생을 뒤돌아보는 소중한 시간을 갖고, 이기는 삶의 후반전을 준비하는 데 쓸 전략과 전술을 재정비하려 한다.

내 영혼을 담아주고 지켜준 내 육신도 잘 보살펴주려 한다. 수선도 마다하지 않으며, 남아 있는 인생 후반전을 멋지게 살아볼 계획이다. 나는 갱년기 증상에 집중하지 않는다. 그게 나한테 주는 의미와 갱년기를 맞아 내가 할 수 있는 게 무엇인지에 집중한다. 그리고 이 시기를 통해 내가 살아갈 후반전을 생각해 본다. 나는 생각의 중심을 현재에서 미래로 두기로 했다.

지금까지 나는 수많은 이름표를 달고 살아왔다. 누군가의 딸, 아이의 엄마, 어느 회사의 설계사, 1102호 아줌마 등 심지어 차량관리소에서도 나는 '○○○○ 차주 분'으로 불린다. 나는 이름표가 달린 그 역할들에 미친 듯이 최선을 다했다. 최고까지는 아니더라도 최선이라 생각하고 스스로 만족할 때까지 나를 몰아붙였다.

누가 시킨 것도 아니었다. 그저 이게 내 삶의 방식이고 이렇게 살아야 후회 없는 삶이 되리라는 나만의 기준점이었던 것 같다. 나는 스스로 틀을 만들고 그렇게 하나씩 이름표를 달아가며 내 존재 이유를 역할 놀이에서 찾으려 애썼다. 우물 안 개구리처럼 틀을 벗어나는 게 두려웠고, 누군가가 그 틀을 넘나드는 것 또한 좋아하지 않았다. 그런 태도는 내가 사랑하는 사람이나 가족에게도 적용됐던 것 같다. 나이가 들면서 이름표는 점점 더 많아지고, 틀은 더욱 견고해졌다. 그 틀을 부정당하는 게 싫어 점점 더 견고한 벽을 쌓아 올리는 삶을 살아왔다.

그러나 내 인생 후반전에는 다른 삶이 펼쳐질 것이다. 나는 지금까지 나에게 붙여진 이름표를 하나씩 떼어 놓고자 한다. 갱년기라는 소중한 시간을 지나면서 새로운 전략과 전술로 인생 후반전을 시작하고자 한다. 책 쓰기를 배우며 작가의 삶이 시작됐다. 책을 펴내며 나는 퍼스널 브랜딩에 성공할 것이고, 지금과는 다른 나로 존재할 것임을 안다. 나는 지금껏 우물 안에서 치열하게 살아왔다. 틀을 만들고 벽을 세우고 살아왔다. 지금까지 그랬다면 앞으로 나는 그 벽을 과감히 허물고, 세상과 소통하고 나누는 삶을 살아갈 것이다. 지구별에 내가 품고 온 사명이 무엇인지 인식하고, 선한 영향력을 실천하는 빛나는 삶을 살아갈 것이다.

한책협 대표 김도사의 명언이 있다.

"과거와 결별하지 않으면 미래와 결별하게 된다!"

짧고, 굵은 멋진 말이다. 나는 더는 과거의 이름표로 불리던 나로 살지는 않을 것이다. 과거와 용기 있게 결별하고, 새롭게 짠 새로운 세상을 살아갈 것이다. 그저 돈 많이 벌고 빚만 갚으면 좋겠다는 바람은 과거지사다. 앞으로 올 미래에 나는 부를 축적하고, 흘러넘치는 풍요를 나누고, 다시 채우는 과정을 무한히 반복할 것이다.

이쯤에서 나는 나의 이름표를 다시 달아줄 것이다. 나는 15년 차의 성공한, 책 쓰는 보험설계사다. 모두가 열광하는 동기부여 강연자이며 제법 유명한 유튜버다. 사람들은 나의 성공 확언으로 하루를 시작할 것이고,

미래를 선명하게 상상하고 그 기분까지 떠오르게 하는 나의 시각화, 심상화 영상을 보며 잠자리에 들게 될 것이다. 사람들은 내가 올려주는 확언들을 필사하고 동기부여를 하게 될 것이다.

이제부터 나의 이름표는 꿈과 용기를 주는, 책 쓰는 설계사이자 국민작가 'The 이미경'이다. 내 지인들은 내가 그들과 알고 지낸다는 사실만으로도 자랑스러워할 것이다. 모교는 물론, 내 직장과 내가 소속된 단체들에서도 나는 자랑거리가 되리라.

책이 출간되고 작가가 되면 제일 먼저 어머니와 아버지를 찾아 인사드리는 것을 잊지 않을 것이다. 너무 빨리 떠나셔서 나에게 준비 없이 세상을 살게 하셨다는 원망도 많이 들은 분들이다. 어찌 보면 그로 인해 나는 짧은 시간에 폭풍 성장할 수 있었는지도 모르겠다. 어차피 우주의 어디에선가 나를 지켜보고 계실 테니, 책으로 뒤늦게 대신 효도하려 한다.

내가 두 분에게서 받은 사랑과 삶의 지혜와 교훈을 세상에 되돌려 줄 것이다. 벼랑 끝에서 죽음까지도 생각하는 어떤 이에게 한 줄기 빛처럼 내 이야기가 힘이 되어주길 바란다. 이게 바로 내가 지구별에 품고 온 사명일 테니….

웬만해서는 나를
넘을 수 없다

장인이란 한 분야에서 오랫동안 일해서 지식과 기술을 터득한 사람을 일컫는 말이다. 하지만 내가 생각하는 장인의 기준은 조금 다르다. 진정한 장인이란 습득한 지식과 노하우를 후배들에게까지 전달할 수 있어야 한다. 장인을 특정 분야나 독보적인 기술과 비법을 가져야만 될 수 있는 것으로 여기는 것이 보통의 생각이다. 그도 그럴 것이 장인으로 불리는 사람들은 한 분야에서 적어도 10년 이상의 세월을 몸담아 온 사람들이기 때문이다. 그들의 대부분은 한 분야에 종사하며, 그 분야에 대해 상당한 지식과 경험을 가진 전문가다.

나는 15년 차 보험설계사다. 한 분야에서 일해 온 경력만 따진다면 보험계의 장인이라고 할 수 있겠다. 선배들은 종종 우스갯소리로 이런 말들을 했다.

"보험설계사 경력 10년 이상이면 무슨 일을 맡겨도 못할 것이 없지. 사막에서 모래도 팔 수 있을 거야."

선배들의 말에는 많은 의미가 내포됐다. 설계사란 일은 누구나 쉽게 시작할 수 있는 일이기는 하지만, 누구나 성공할 수 있는 일은 아니기에, 그에 대한 어려움을 대변하는 말일 것이다. 보험설계사란 직업의 정착률이 낮은 것도 같은 이유일 것이다. 실제로 은퇴 후 다양한 분야에서 제2의 성공을 이뤄낸 선배들을 보기도 했다.

나는 자신에게 질문 하나를 던져본다. '나는 보험의 전문가이며 장인일까?' 선뜻 '그렇다'라는 대답이 나오지 않는다. 경력으로 말하자면 장인의 조건은 진작 넘어섰고, 업무수행에 필요한 자격증도 빠르게 취득했다. 고객을 팬으로 본다면 제법 넓고 두터운 팬층도 확보하고 있다. 이 정도면 전문적인 역량을 갖추고 있는 것은 확실해 보인다. 스스로도 인정할 만큼의 높은 직업의식과 자부심, 사명감 또한 충분하다. 그러나 따져 보면 나는 장인이라기보다는 전문가라고 하는 게 맞을 것이다. 장인이라고 하기에는 습득한 지식과 노하우를 후배에게까지 전달해주는 부분이 내게는 부족했기 때문이다.

할 줄 아는 것이 보험 일밖에 없었다. 그래서 15년을 한 우물만 파게 된 것일 수도 있겠다. 열심히 앞만 보고 달려 온 것에 대한 보상도 있었다. 스스로의 삶을 돌아볼 때도 열심히 살았다고 칭찬해주고 싶을 만큼 온 힘을 다해 달려왔다. 열심히 사는 것과 잘 사는 것을 구분하지 못하고 내달려 온 셈이다. 삶은 열심히는 기본이며, 잘 살아야 완성된다. 스스로도 장인으로까지 인정할 수 있는 삶이어야 한다. 15년을 한결같이 더 많이 배우는 것에 집중하며 살았다. 설계사로서의 전문성과 차별화가 되어줄 무기는 상품에 대한 지식과 자격증이라고 생각했었다. 그래서 남보다 빠르게 습득하는 것이 나의 경쟁력이며 고객을 지키고 확보하는 방법이라 믿고 있었다. 지식과 노하우는 나누면 배가 된다는 당연한 원리를 미처 깨닫지 못하고 경주마처럼 앞만 보고 달렸다. 그러다 보니 알아야 할 것도, 배울 것도 끝이 없었다. 하물며 후배를 양성하고 쌓아온 지식과 경험을 나눈다는 것은 생각할 수도 없는 일이 됐다.

책 쓰기를 시작하고, 작가로서의 삶을 시작하면서 내게 많은 변화가 생겼다. 그동안 내가 쌓아온 지식과 경험이 누군가에게 나누어 주기에 결코 부족하지 않다는 것을 깨닫게 됐다. 나는 이미 충분한 지식과 경험이 있었다. 지금도 어디에는 막 일을 시작한 초보가 있을 것이고, 또 누군가는 내가 이미 경험한 바 있는 시련에 부딪혀 좌절하고 있을지도 모른다. 그들에게 나의 지식과 경험은 충분한 디딤돌이 되어줄 수도 있을 것이다. 어쩌면 또 다른 누군가에게는 내가 살아온 삶이 힘과 용기가 되어줄 수도 있겠다. 세상은 지식과 정보들로 넘쳐난다. 모든 것을 내가 다 경험하고 알고 있을 필요는 없다. 요즘에는 적절한 때에 필요한 지식과 정보를 잘 활용할 수 있는 사람이 전문가다. 한 분야에서 수많은 시간과 시행착오를 거쳐 성공한 선배들의 지식과 노하우를 얻을 수 있다면, 10년 시간을 1년으로 단축할 수 있는 것이 요즘이다.

"거인의 어깨 위에 올라선 난쟁이는 거인보다 더 멀리 본다"라는 유명한 말이 있다. 이 말은 많은 뜻을 함축해놓았다. 여기서 말하는 '거인'이란 크게 성공한 사람이나, 특정 분야에서 엄청난 지식과 경험을 통해 독보적인 존재가 된 사람을 일컫는다. 그렇다면 그들이 이루어낸 성공을 통해 더 멀리, 더 높이 날아오를 수 있는 난쟁이는 참으로 현명한 사람이라고 할 수 있겠다. 우리는 모두 난쟁이가 될 수 있다. 원하는 분야에서 성공한 최고를 찾아가 최고에게 배우면 된다. 최고에게 배워서 최고가 된다면, 그것이 바로 거인의 어깨 위에서 더 먼 곳을 보는 난쟁이가 아닐까 생각한다. 나아가 나도 누군가에게 거인이 되어주면 된다. 개미에게는 난쟁이도 거인이 될 수 있다. 15년을 한결같이 한길로만 걸어온 나의 지식과 경험은 시작하는 이들에게는 거인의 어깨가 되어줄 수도 있을 것이다.

한 분야에서 오래도록 일을 한다는 것은 결코 쉬운 일만은 아니었다. 지금도 다행이라 생각하는 것은 내가 일에 대한 지식과 경험이 전무했다는 사실이다. 몰라서 용감했다. 모르기 때문에 더욱 원칙을 따르며 일을 배웠다. 그것이 내게는 큰 자산이 되어주었다. 튼튼하게 쌓아온 기초가 나를 잡아준 셈이다. 보험설계사라는 일이 지식만 가지고 성공할 수 있는 일이 아니란 사실도 깨닫게 됐다. 이 일의 어려움과 고단함을 미리 알았더라면, 결코 이 일을 쉽게 시작할 수 없었을 것이다. 일할 때 가끔 나는 디자이너가 된 것 같다는 생각이 든다. 고객으로부터 얻은 정보를 바탕으로 고객의 상황에 맞게 상품을 디자인하고, 내가 디자인한 설계는 고객의 검증을 거쳐 하나의 작품처럼 완성된다. 이처럼 나는 단순히 상품을 판매하기보다는 가치를 판매하며, 디자인한 상품의 가치를 돈으로 환산해주는 일을 하는 셈이다.

내 일은 설계하고 판매하는 것만으로 끝이 아니다. 진정한 일은 상품을 판매한 후부터 시작된다. 보험의 꽃은 보상이라는 말도 있다. 설계하고 판매했다면 일의 30%를 진행한 것이다. 요즘은 누구나 100세 시대를 말한다. 납입 기간이 종료됐더라도 보장은 100세까지 이어지는 것이 일반적이다. 15년 이상 일하다 보니 고객과 한번 맺은 인연이 오랜 시간 지속되기 마련이다. 그들의 삶의 흐름과 생로병사의 모든 부분을 함께 고민하고, 대처해가는 일이 나머지 70%를 이룬다. 예기치 못한 사고와 질병으로 찾아온 고통의 순간에 내가 판매한 상품이 그들에게 큰 도움이 된 경우도 많았다. 갑작스러운 사고로 가장의 부재가 생겼을 때는 유족이 살아갈 수 있는 기반을 마련해주기도 했고, 암과 같은 중대한 질병에 걸린 고객에게는 안정적인 치료 자금과 충분히 요양할 수 있는 지원금을 마련해주기도 했다. 나는 새로운 탄생의 순간에도 함께 했으며, 은퇴 후 안정적인 노후 생활에 보탬이 되어주기도 했다.

나와 한번 인연을 맺은 고객들은 웬만해서는 이탈을 하는 일이 없다. 어떤 고객들은 내가 보험 일을 그만두면 어쩌나 싶어서 걱정하기도 한다. 나는 그들을 나의 팬이라고 칭한다. 나는 그런 고객들이 나를 어떤 설계사로 생각하는지 궁금했다. 그들이 정의하는 나는 단순했다. 솔직하고, 약속을 잘 지키는 설계사, 쉽게 설명하고 끝까지 책임감 있게 일 처리를 도와주는 설계사, 때로는 가족보다 더 가족 같은 설계사…. 이것이 고객의 입장에서 나를 정의하는 말들이다.

그러나 나는 이제 더 나아가 새롭게 나를 정의한다. 나는 책 쓰는 보험 설계사이자 국민작가 The 이미경이다. 나는 계속해서 내가 사랑하는 사람과 나를 아는 모든 사람이 준비 없이 고난과 시련 맞이하지 않도록 도와주는 설계사일 것이다. 또한 이제 나는 내 삶의 지식과 경험을 아낌없이 나눌 것이다. 나처럼 삶에서 고난과 시련을 겪는 누군가에게 동기부여가 되어주고, 시련은 변형된 축복이었음을 깨닫게 해줄 것이다. 나는 나의 사명을 알고 있고, 시련이 내게 주는 의미를 이해했다. 그러므로 나는 특별한 나이며 특별한 설계사다. 그래서 나는 이제 웬만해서는 나를 넘을 수 없다고 자신 있게 말할 수 있다.

딱 보면
알 수 있다

싱글맘으로 홀로서기를 시작했을 때 가장 큰 어려움은 사람을 대하는 것에 대한 두려움이었다. 그리고 혼자가 되어 보니 타인의 마음도 모두 내 마음과 같을 것이라는 순진한 생각이 나만의 착각이고, 오산이라는 것도 알게 됐다. 어머니를 보내고 남편은 더 이상 집에 들어오지 않았다. 지금 와서 생각해 보면 시집살이보다 맵다는 처가살이가 그에게도 결코 쉬운 일은 아니었을 것이다. 그때 나는 세상이 예전과 같지 않음에 대해 두려움을 느꼈다. 어제까지 내가 알던 세상이 아니었고, 사람들 또한 다른 세상에서 온 것처럼 낯설고 무서웠다. 달리 말하면 세상은 그대로인데, 나만 다른 차원으로부터 뚝 떨어진 것 같은 느낌이었다. 나를 "엄마"라고 부르는 어린 딸아이조차 낯설고 힘겨웠다. 햇살과 바람과 숨 쉬는 공기마저도 어제의 것과는 전혀 다른, 생소함 그 자체였다. 세상은 이런 내 증상을 공황이라 말했고, 나는 죽음과 같은 공포로 인해 집 밖으로 단 한 발짝도 나갈 수 없는 상태가 되어 있었다.

어렸을 적 어머니와 시장에 갔다가 길을 잃었을 때가 생각난다. 어머니가 사주신 커다란 사탕을 볼이 터져라 입에 물고는 병아리들에게 마음을 빼앗기고 있었다. 장날이라 신기한 볼거리가 아주 많았다. 한참을 구경하다가 문득 어머니가 생각났다. 분명 한 손은 사탕 봉지를, 그리고 한 손은 어머니의 손을 잡고 있어야 하는데 내가 잡고 있는 손은 어머니의 손이 아니었다. 갑자기 시장과 사람들이 엄청나게 커 보였다. 어느새 나는 아무리 걸어도 끝이 없는 시장을 맴돌고 있었다. 그 이후는 잘 기억나지 않는다. 전해 들은 이야기로는 시장에서 노점을 하시는 이웃집 아주머니께서 울면서 같은 자리를 맴도는 나를 발견하시고, 파장 후에 잠든 나를 업어서 집으로 데려다주셨다고 한다.

공황을 처음 경험했을 때의 공포는 어렸을 적 시장에서 어머니를 잃어버렸을 때와 같은 느낌이었다. 그 후로도 아주 가끔 시장에서 헤매는 꿈을 꾸곤 했다. 꿈속에서 나는 어릴 적 그대로의 모습을 하고 있고, 여전히 울고 있다. 사람들과 배경이 일그러져 보이기도 했다. 성인이 다 되어서도 여전히 그때의 꿈은 내게 공포다. 몸과 마음이 허할 때마다 그때의 꿈이 나를 찾아온다. 시장을 헤매다가 깨어나면 온몸은 땀으로 범벅이 되어 있다. 시장을 얼마나 걸었는지 다리까지 아팠던 기억도 남아 있다. 이런 증상을 트라우마라고 부른다는 것을 공황을 치료하면서 알게 됐다. 잠재해 있던 그때의 트라우마가 비슷한 상황을 만나게 되면서 올라왔던 것이다.

내 머릿속 기억은 사라져도, 내면은 모든 것을 기억하고 각인하고 있었던 것이 아닐까 싶다. 비슷한 위험에서 넘어지지 않도록 내면이 보내는 경계 경보처럼 말이다.

이혼 소송을 진행하고, 공황을 이겨내면서 꿈이 사라졌다. 언제부터인지는 모르겠지만, 나는 더 이상 시장을 헤매는 꿈을 꾸지 않는다. 지금에 와서 드는 생각은 커다란 시련을 넘고 이겨내면서 트라우마까지 한꺼번에 치유된 것은 아닐까 싶다. 나의 머릿속에는 지우개가 있어서, 어떤 기억들은 조각나 있기도 하고, 또 어떤 기억들은 통으로 편집되어 있기도 하다. 그 상황이 고통스러운 것이라면 더욱 기억하지 못하는 것 같다. 나의 내면은 나를 살리려고 기억을 편집하고 삭제해가며 최선의 노력을 다한다. 심지어 시련을 이겨낼 때조차도 스스로 인지하지 못하는 사이 오랜 트라우마까지 해결해주었다. 참으로 놀랍고도 감사한 일이 아닐까.

일을 시작하면서 가장 큰 어려움 중 하나는 사람에 대한 경계심이었다. 어머니의 죽음과 이혼 후에 찾아온 두려움은 잘 이겨냈지만, 여전히 사람에 대한 경계가 또 다른 트라우마로 남아 있었다. 전과 다른 게 있다면 더 이상 그것이 지독한 두려움은 아니라는 것이었다. 한번 이겨낸 경험치가 있었기에 이제 두려움은 나에게 이기는 방법을 찾게 하는 호기심이 됐다. 지피지기 백전불태(知彼知己百戰不殆)라는 말이 있다. '나를 알고 상대를 알면 백 번 싸워도 위태롭지 않다'라는 의미다. 여기서 중요한 것은 반드시 나를 아는 것이 우선이라는 것이다. 나를 알아야 모든 기준점이 내가 된다.

두려움을 이기기 위해 나와 사람에 대한 궁금증을 키우면서, 사주와 명리에 관심을 갖게 됐다. 사람의 심리가 궁금해 심리학도 공부했다. 사람들은 답답한 일을 겪게 됐거나, 큰일을 앞두고 조언을 얻고자 할 때 점을 보러 간다. 나도 그럴 때가 있었다. 점을 보러 가면, 사주를 물어보는 것이 일반적이다. 그곳에서는 타고난 사주를 바탕으로 인생 전반의 길흉화복을 점쳐 지금 겪고 있는 어려움을 해석해주기도 하고, 앞으로 닥쳐올 수 있는 어려움에 대처할 수 있도록 조언을 주기도 한다. 사주(四柱)란 직역하면 '4개의 기둥'이라는 뜻이다. 이는 사람을 하나의 집에 빗대어 생년, 생월, 생일, 생시 이 네 가지를 집의 4개의 기둥이라 보며 붙여진 명칭이다. 사주는 통계학적 학문이다. 통계학적 학문이라고 하면 과거의 통계자료를 현재에 대입한다는 것인데, 과학기술과 문명의 발전으로 빠르게 변해가는 현재 상황에 과거를 대입해서 해답을 주는 것이 지금에는 맞지 않을 수 있다는 의견도 있다.

사주학은 사주명리학(四柱命理學)으로 해석하고, 표현하는 것이 맞을 것이다. 사주명리는 타고난 생년월일시와 더불어 음양오행을 통해 인간의 삶을 생로병사, 희로애락, 길흉화복, 흥망성쇠로 나눈다. 이는 과거에서 현재까지 살아온 과정과 배경을 바탕으로 현재에서 미래로 가는 과정을 예측해 보는 학문이라고 할 수 있다. 그렇다면 생년월일시가 동일한 사람은 같은 인생을 살게 되는 것일까? 그렇지 않다. 한날한시에 쌍둥이로 태어났어도 상반된 삶을 살아가는 이들을 볼 수 있다. 사주팔자는 숙명적인 요소, 운명적인 요소, 그리고 자신의 의지에 따라 얼마든지 변할 수 있다는 것을 알 수 있는 내용이다.

사주팔자와 함께 많이 등장하는 단어가 '운명'이란 단어다. 운명이란 운(運)과 명(命)이 합쳐진 단어다. 운은 후천적이고 유동적이며 선택이 가능한 것을 의미한다. 하지만 명은 선천적이며 고정적이고, 선택이 불가한 것을 의미한다. 따라서 사주팔자라고 하면 명에 치우쳐 해석하기 보다는, 사주팔자도 바꿀 수 있다고 생각하는 이들의 말처럼 운을 선택하고, 바꿀 수 있는 것으로 해석해야 맞을 것이다. 타고난 사주가 좋지 못하다고 해서 평생 가난하게 살거나 시련만 가득한 삶을 살아가는 것은 아니다. 또한 부와 명예 모두를 누리는 좋은 사주를 타고났다고 하더라도 사주 값도 제대로 못하고 살아가는 이들도 많다.

이정재 작가는 《운을 벌어야 돈이 벌린다》에서 "사주불여관상 관상불여심상(四柱不如觀相 觀相不如心相)"이라고 말한다. 이는 "사주는 관상보다 못하고, 또 관상이 아무리 좋아도 심상이라는 마음보다 못하다"라는 말이다. 다시 말해서 모든 게 마음먹기에 달렸다는 뜻이다. 그래서 사람은 마음가짐이 좋아야 하고 자신의 마음을 들여다보고 의식을 성장시키는 것이 잘 사는 방법이고, 운을 모으는 데 중요한 요소가 된다는 이야기일 것이다. 나이가 들면 살아온 삶이 얼굴에 모두 드러난다고 했다. 어떤 마음가짐으로 세상을 살아가느냐에 따라 사주팔자를 능가하는 관상을 갖게 되고, 남은 생을 운이 좋은 사람으로 살아갈 수 있는 것이 아닐까 생각한다.

사람에 대한 경계심을 없애고, 트라우마를 해결하기 위해 시작했던 사주명리학 공부는 내게 많은 도움을 주었다. 영업하다 보면 많은 사람을 만나게 된다. 조건 없이 나를 호의적으로 대하고 기분 좋게 만드는 사람이 있는가 하면, 아무런 이유 없이 나를 싫어하고 거절하는 사람도 있다. 후자의 사람들과 함께 있는 공간에서는 공기마저도 무겁고 부담스럽다. 이유를 알지 못한 채 그들을 대한다면 상처받기 쉽고, 자존심도 상하게 된다. 자존감마저 낮아진다. 하지만 지피지기 백전불태라고 하지 않았던가. 사람을 만나기 전 나는 상대에 대해 분석해 본다. 단편적으로라도 상대에 대해 분석한 데이터는 내게 많은 도움이 된다. 더할 것과 뺄 것을 알게 되고, 나를 거부하는 사람들에게 상처받는 일도 적어진다. 나는 이제 더 이상 거절과 거부가 두렵거나 상처가 되지 않는다. 그것을 내가 겪어야 할 당연한 것들로 받아들인다. 그것이 결국 나를 성장시키는 축복이고 선물임을 알고 있기 때문이다.

시련은 내 삶의
극약 처방

오래전 어머니께서 자주 하셨던 말씀이 있었다.

"딱! 너 같은 자식 낳아서 한번 키워봐라!"

누구나 한 번쯤은 들어 봤던 말일 것이다. 결코 긍정적인 상황에서 하시는 말씀이 아니란 것은 모두가 잘 알고 있을 것이다. 맞는 말이다. 나는 어릴 적부터 고집이 센 편이었다. 그냥 한번 굽힐 만도 한 일에서조차 매를 벌어가며 소신을 지키는 아이였다. 그것은 내 기준에서나 소신이었지, 어른들에게는 단지 고집 센 아이로 보였을 것이다. 어른이 되고 자식을 낳아서 키우며, 내 어머니의 나이가 된 나는 이제야 그 말의 의미를 깨닫게 됐다.

딸아이는 유난히 고집이 센 편이다. '나를 닮아서일까?'라고 생각할 때도 있었지만, 내 생각에는 나보다 훨씬 더 고집이 센 것이 틀림없어 보인다. 먹는 것, 입는 것, 물건을 고를 때, 여행지를 선택할 때, 심지어 함께 볼 영화를 선택할 때조차도 어느 것 하나 하고 싶은 것을 포기하는 법이 없었다. 이런 딸을 배려가 없다는 이유로 나무라기도 해 봤지만, 딸아이에게 좀처럼 포기란 없었다. 오히려 무엇이 좋은지 물어봐놓고서 자신의 선택을 반대하는 엄마를 이해할 수 없다고 볼멘소리를 해댄다. 논리적으로 따져 본다면 틀린 말은 아니다. 물어본 것이니, 선택의 자유는 보장되어야 하는 것이 맞는 셈이니 말이다.

나는 딸아이와 의견 대립이 있을 때마다 어머니가 생각난다. 그럴 때는 딸아이에게 나의 어릴 적 모습이 투영되고, 내게는 어머니의 모습이 투영된다. 어떤 때는 예전에 비슷한 상황을 경험한 듯한 착각이 들기도 한다. 이것이 역지사지가 아닐까 싶다. 어머니의 나이가 되어서 어머니의 입장으로 그때의 내 모습을 바라보는 듯한 느낌이 든다. 그럴 때마다 나는 이런 생각을 하게 된다. '그때 어머니도 지금 나와 같은 마음이었을까?' 하고.

나도 어머니의 말씀이 이해되지 않았던 때가 있었다. 생각해 보면 내 생각이 맞는다고 고집을 부렸을 때도 있었지만, 어떤 경우는 좋고 싫음과 상관없이 그냥 끌려가고 싶지 않아서 반대의 선택을 고집했을 때도 있었던 것 같다. 그것만이 존재감을 드러내는 유일한 방법이라 여겼을 것이다.

어머니와 나의 가장 큰 대립은 배우자를 선택하고, 결정하는 부분이었다. 20살이 넘으니 내 삶은 스스로 결정하고 싶었다. 더 이상 착한 아이로 불리며 살고 싶지 않다는 강력한 반항이었던 셈이다. 성인이 됐으니 모든 선택과 결정은 내가 하고 싶었다. 하지만 모든 자유에는 책임이 따르듯 모든 선택에도 책임이 따르는 법이다. 당연한 진리와도 같은 말이련만, 모두가 그렇듯 깨달음은 항상 실패의 순간에 찾아오는 법. 나라고 예외는 아니었을 것이다. 그때의 선택으로 참 많은 것을 잃었다. 시간을 잃었고 돈을 잃었으며 사랑하는 어머니의 마음을 잃었고 결국, 어머니를 잃었다. 남편을 잃었고 찬란하게 빛났던 나의 젊음을 잃었다. 자존감과 자존심도 잃게 됐다.

물속에 빠진 사람이 생존하는 방법은 몸을 웅크린 채 바닥까지 가라앉는 것이다. 발이 바닥까지 닿기를 기다렸다가 바닥을 차고 올라와야 비로소 수면 위로 떠오를 수 있다. 시련의 늪에 빠진 사람도 마찬가지다. 시련이 주는 공포와 절망감에서 벗어나 보려고 안간힘을 쓰며 허우적대 봐도 소용없다. 몸은 점점 더 깊은 바닥으로 가라앉기 마련이다. 시련은 시련을 달고 온다. 그래서 시련에 맞설 필요는 없다. 그것에 순응하며 몸을 낮추고 바닥까지 내려가야 한다. 깊은 곳의 끝에서 차고 올라갈 수 있는 바닥을 만나듯, 그곳에서 살길이 보인다. 계속되는 행복도 없지만, 계속되는 시련도 없다. 고통스러운 시련이라고 할지라도 반드시 그 끝을 만나게 되고, 거기서 다시 떠오르면 된다. 그리고 시련이 주는 의미와 경험으로 같은 부분에서 실수를 반복하지 않으면 된다. 시련은 분명 성공하는 삶의 길잡이가 되어줄 것이기 때문이다.

　나는 시련이 내게 주는 의미를 알지 못했다. 그래서 몰아친 시련과 상처에 대한 원망의 대상이 필요했고, 잃게 된 것들에 분노하고 집착했다. 더 이상 원망의 대상이 떠오르지 않았을 때는 세상을 원망했고, 끝없이 자신을 책망했다. 그야말로 감정이 태도가 되는 미성숙한 인간의 모습 그 자체였을 것이다. 원망과 분노는 견고한 산처럼 쌓여간다. 눈앞에 산처럼 쌓인 원망과 분노는 그 뒤에 있는 소중한 것들을 볼 수 없게 만든다. 내가 쌓아 올린 산을 결국 내가 넘어야 한다는 사실을 알지 못했기에, 산은 더 높고 더 험난하게 느껴진다. 급기야 넘는 것을 포기해버리는 순간이 오기도 한다. 그러나 시련에 시련이 거듭되고 지독했다면, 분명 그것이 내게 주는 의미가 있었을 것이다. 강도 높은 훈련이 몸의 근육을 단련시키듯, 강도 높은 시련은 마음의 근육을 단단하게 만들어주기 때문이다.

　바닥을 박차고 올라와 보니, 내게 남아 있는 많은 것들이 보이기 시작했다. 늘 곁에 있었던 것들이어서였을까? 전에는 그들의 소중함과 감사함을 알아차리지 못하고 살았었다. 나는 잃었던 많은 것을 빼앗겼다고 생각했다. 그러나 누구도 나에게서 어떤 것도 빼앗은 적이 없었다. 그 모두는 내가 선택한 결과였고, 지키지 못한 것들이었다. 나에게는 나를 사랑해주고 내가 지켜줘야 하는 아이들이 있었다. 여전히 나를 믿고 지지해주는 친구가 있었고, 늘 어머니처럼 나를 안아주시고 항상 곁을 내주시는 어머니 생전의 도반도 계셨다. 보험 일을 시작해보니 내게는 타고난 재능과 근성도 있었다. 어머니께 도움을 받았던 분들이 도움이 되어주기도 했다. 어머니께서 뿌려놓은 선행의 씨앗이 열매가 되어 내게로 돌아온 셈이다.

노량 해전의 이순신 장군께서 군사들에게 했던 유명한 말이 있다.

"생즉시사(生卽是死)요. 사즉시생(死卽是生)이라."

이는 '살려 하면 죽을 것이요. 죽으려 하면 살 것이다'라는 뜻이다. 이말을 나는 이렇게 해석해 본다. 시련에 발목 잡혀 허우적대며 살아 보려고 애쓰기보다는, 죽을 것 같은 고통일지라도 겸허히 받아들이고 시련이 주는 의미와 깨달음을 얻는다면 살아갈 방향과 방법이 보일 것이다. 그렇게 생각하면 시련은 고통이라기보다 감사함이고, 축복임을 알게 될 것이다.

시련은 내게 변형된 축복이었다. 가진 것과 누릴 수 있는 것에 감사함도 갖게 했다. 지켜야 할 것이 무엇인지도 알게 됐고, 내게서 떠나는 모든 것들의 이유와 흐름을 이해했다. 사람이든 사물이든 내게 머무는 유효기간이 있다는 것을 알았다. 감정 또한 마찬가지다. 비워내야 그곳에 새로운 것들이 채워짐을 깨닫게 됐다.

존재하는 모든 것들에는 원래 내 것이 없었다. 그 모두는 사는 동안 나를 거쳐가는 것들이기에 그 어떤 것에도 집착하는 것은 옳지 않다. 사람도, 사물도 흘러가야 한다. 감정 또한 마찬가지다. 고난과 시련조차도 부여잡고 집착해서는 안 된다. 모든 것은 물 흐르듯 흘러가야 한다. 그것이 살아가는 이치이고 선행이다.

내가 겪어온 많은 고난과 시련은 내게 죽을 것 같은 고통을 안겨주었다. 반면 포기하지 않고 잘 견뎌온 내게는 축복 같은 선물도 주었다. 시련을 통해서 어머니로부터 내게 이어진 카르마를 알게 됐다. 반복의 의미 또한 깨닫게 됐다. 나는 어머니의 눈으로 딸아이를 본다. 그리고 그때의 나로 돌아가 어머니를 이해하고 공감했다. 보잘것없고 못난 나의 과거 또한 인정하고 용서했다. 모든 것이 축복이고 감사함이다.

지독한 시련은 과거 속에 남겨둔 숙제를 해결할 수 있는 기회를 내게 만들어주었다. 과거의 나를 만나게 했고, 화해의 시간을 만들어주었다. 어머니의 마음을 재해석하게 해주었으며 원망과 집착으로 상처받은 내면의 아이를 치유할 수 있도록 만들어주기도 했다. 나는 이제 시련이 두렵지 않다. 시련이 지독할수록 감사할 것이다. 지독한 시련은 내게 커다란 선물을 가져다준다는 것을 알고 있기 때문이다. 시련은 병들었던 내 삶의 극약 처방이 아니었을까 싶다.

칭찬은 나도,
남도 춤추게 만든다

지금은 대학생이 된 딸아이의 초등학교 시절 일이다. 학기가 시작할 때마다 학교에서는 아이들을 통해 가정통신문을 보내온다. 기본적인 가족 사항과 비상 연락처 등을 파악하는 내용과 함께 담임 선생님께 특별히 전달할 내용을 적어 보내는 서식이다. 나는 늘 그곳에 같은 내용을 적어 보냈다.

'조금 느리다 싶어서 답답하실 수 있어요. 기다려주시면 포기하지 않는 아이입니다.

가끔씩 엉뚱한 질문을 할 때가 있어요. 자기만의 방식으로 이해를 얻고자 하는 것이니, 수업에 방해가 되지 않는 선에서 답변해주시고, 숙제로 남겨주세요.

칭찬이 시너지를 주는 아이입니다. 작은 것이라도 칭찬해주시면 선생

님을 도와드리는 좋은 아이가 될 겁니다.'

칭찬이 시너지를 주는 아이, 그 아이가 성장해서 지금은 대학생이 됐
다. 학기가 시작될 때마다 선생님께 보내는 가정통신문의 내용이 매번 동
일했다는 사실을 모르고 있었다. 딸은 대학생이 되어서야 그때의 이야기
를 꺼냈다. 생각해 보니 외워서도 쓸 만큼 반복됐던 말이긴 했다. 나는 창
피했냐고 물었다. 딸아이는 웃으며 말했다. 덕분에 숙제가 항상 많았었다
고…. 담임 선생님께서는 칭찬의 시너지보다는 숙제로 남겨달라는 말에
더 의미를 두셨던 것 같다. 특이한 숙제들을 받아왔던 것은 그럴 만한 이
유가 있었던 셈이다. 내가 한 말이 아니었던가. '답변이 어려울 때는 숙제
로 남겨주세요'라고 말이다.

일하면서도 퇴근 후에는 틈틈이 딸아이의 숙제를 거들어줬다. 어떤 숙
제는 검색이나 책을 찾아봐야 하는 것들도 있었다. 일하는 엄마다 보니
숙제만큼이라도 잘 챙겨 보내고 싶었던 것이 그때의 내 마음이었다. 딸아
이와 나는 참 열심히 했다. 마치 내가 숙제를 제출하는 것 같은 착각이 들
기도 했다. 선생님의 피드백이 궁금하기도 했다. 선생님께서 찍어주셨던,
'참 잘했어요'라고 찍힌 동그란 도장은 기분을 최고로 만들어준다. 내 마
음에 찍어주는 도장 같은 것이, 그 순간은 나도 딸처럼 어린아이가 되어버
린다. 어쩌면 칭찬은 딸보다 내게 더 시너지를 주는 것이 아니었을까? 칭
찬을 받으면 다음번 숙제는 더 잘하고 싶어진다. 그 맛을 알기 때문이다.

칭찬은 동기부여의 시작이다. 자신감이 떨어지거나 불가능할 거라고 생각하는 일에 도전할 수 있도록 도와주는 것이 바로 칭찬이다. 흔히 듣는 말 중에 '칭찬은 고래도 춤추게 한다'라는 말이 있다. 칭찬의 긍정적 반응을 말하는 것이다. 몸무게가 3톤이 넘는 범고래가 관중들 앞에서 멋진 쇼를 펼쳐 보일 수 있는 것은 고래에 대한 조련사의 긍정적 태도와 믿음, 그리고 칭찬이 있었기에 가능한 일이라고 한다. 긍정적 태도와 믿음에 시너지를 주는 것이 바로 칭찬이다. 칭찬은 긍정적인 사람은 물론, 긍정적인 관계로까지 이어진다. 칭찬은 받는 것도 좋지만, 주는 것이 훨씬 더 가치 있고 행복한 일인 것을 알 수 있다. 칭찬은 3톤이 넘는 범고래도 춤추게 할 수 있을 만큼 멋진 도구임에 틀림없어 보인다.

딸아이는 종종 칭찬을 통해 좋은 결과를 이끌어낸다. 자신감이 떨어져 어깨를 축 늘어뜨리고 있을 때도 "괜찮아! 할 수 있어! 전에도 어려웠지만 잘 해냈잖아" 이 한마디면 아이는 금세 태세를 전환한다. 칭찬은 이렇게 딸아이에게 마법과 같은 효과를 내주기도 한다. 이럴 때는 '혹시 나를 닮아서 그런가?' 하는 생각이 들기도 한다. 나에게도 칭찬은 힘과 용기를 주는 동시에 동기부여가 되어주기 때문이다. 칭찬에 신나서 춤추는 고래와 같이 나 역시도 칭찬에는 아이처럼 신이 난다. 고래에게도, 사람에게도 칭찬의 마법은 예외 없다는 뜻일 것이다. 칭찬은 나 자신을 특별한 사람이 된 것 같은 기분마저 들게 한다. 같은 일이라도 분명 다르게 느껴진다. 그것은 자신이 남과 다른 특별한 존재임을 알게 되기 때문이다.

칭찬의 마법과 같은 시너지는 엄청난 잠재력을 끌어오기도 하고, 불가능한 일처럼 보이는 것도 가능하게 한다. 두려움을 없애주고, 행복감마저 선물해준다. 칭찬은 몸에서 엔도르핀을 생성시키기도 하고, 적을 친구로 바꿔주기도 한다. 운동선수에게는 칭찬의 목소리가 응원이 되기도 한다. 칭찬은 비용이 들지 않는 가치 있는 선물이다. 미운 사람일수록 칭찬을 해주라는 말도 있다. 칭찬거리를 찾다 보면 상대에 대한 긍정적인 면을 발견하게 되고, 긍정적인 마음이 생기기 때문이다.

그러나 모든 칭찬이 마법 같은 시너지를 내거나 긍정의 힘을 주지는 못한다. 칭찬은 긍정의 에너지와 진정성을 갖춰야지만 효과가 있다. 그것이 없는 칭찬은 하는 사람보다 받는 사람이 먼저 느낄 수 있다. 누구나 한 번쯤 칭찬인데도 기분이 언짢아진 경험을 했을 때가 있을 것이다. 진정성이 없었거나 상대에게 공감되지 않는 칭찬이었을 것이다. 사전에서는 칭찬을 '좋은 점이나 착하고 훌륭한 일을 높이 평가함. 또는 그런 말'로 정의한다. 즉 칭찬의 본질은 평가라는 것이다. 그래서 칭찬은 방법이 중요하고, 잘한 칭찬과 못한 칭찬이 있는 것이다. 칭찬을 하는 사람에 대한 신뢰가 충분할 경우일지라도 잘못된 평가에 의한 칭찬은 역효과를 일으킬 수 있다.

고객을 만나 컨설팅할 때도 칭찬은 초면에 서먹함을 푸는 데 좋은 도구가 되어준다. 막연하게 내뱉는 성의 없는 칭찬이 아닌, 사소한 것이라도 진정성 있는 칭찬을 듣게 되면, 고객은 생각보다 쉽게 마음을 열어준다. 사실을 기반으로 한 진심 어린 칭찬은 나와 고객 모두의 마음을 부드럽게 만든다. 좋은 마음 상태에서는 좋은 결과를 얻게 된다. 계약 체결의 50%는 이 단계에서 결정된다고 해도 무방할 것이다. 컨설팅이 계약으로 이어지지 않는다고 해도 성공이다. 고객은 내게 받은 칭찬으로 기분이 좋아질 때마다 나를 떠올리게 될 것이다. 그것은 소개로 이어진다. 지식과 경험까지 충분하게 무장되어 있다면, 소개는 또 다른 소개로 이어진다. 고객의 마음에 칭찬의 씨앗을 심었을 뿐인데, 좋은 결과의 열매로 돌아온 셈이다.

사람은 저마다 각기 다른 삶을 살고 있다. 태어난 곳도 사는 환경도 나이도 학력도 부의 정도도 모두가 다르다. 다르다는 것은 특별함이다. 나와 동시대를 사는 모두는 특별한 존재이며, 저마다 하나뿐인 특별한 삶을 살고 있다. 특별함은 소중함이다. 그러므로 삶을 살아가고 있다는 사실 자체가 축복이며, 대단한 칭찬거리가 된다. 나는 고객을 만나면 제일 먼저 그의 삶을 칭찬한다. 열심히 살아왔을 삶이 분명하기에 살아온 삶을 칭찬한다. 고난과 시련이 많았던 삶이라면 칭찬거리는 배가 된다. 잘 견디고 잘 살아온 삶은 그 자체로 충분히 빛나고 칭찬받아 마땅하기 때문이다. 때로는 상대로부터 칭찬을 되돌려 받는 때도 있었다. 칭찬은 반드시 부메랑처럼 되돌아온다.

칭찬이 주는 긍정의 시너지는 참으로 놀랍다. 불가능한 일에 도전해 성공의 신화를 만들어내기도 하고, 자신도 모르고 있던 장점을 발견하는 기회가 되기도 한다. 행복한 마음으로 세상을 바라보게 해준다. 삶의 방향을 바꿔주기도 하며, 세상을 바라보는 시각과 태도 또한 긍정적으로 변화시켜 준다.

칭찬은 상대에 대한 긍정적인 평가다. 긍정적인 평가에 우선되어야 하는 것은 자신을 긍정적으로 평가하는 것이다. 자신을 사랑하고 자존감이 높은 사람은 긍정의 눈으로 상대를 평가한다. 내가 내준 칭찬은 다시 내게로 되돌아온다. 상대에게 바로 되돌려받지 못할 수도 있지만, 세상을 돌고 돌아 시간이 걸릴지라도 언젠가는 반드시 돌아온다. 그것이 선행이며 세상의 이치다. 3톤이 넘는 범고래를 춤추게 만들었던 칭찬은 나를 넘어 남도 춤추게 만든다. 이것이 칭찬이 가진 매력이며, 나비효과가 아닐까 싶다.

상처가 치유되기 위해서
염증은 필수다

우리 몸에 상처가 생겼을 때 지혈이 되고 나면 염증의 단계로 넘어간다. 이 단계는 인체의 면역체계가 수일에 걸쳐 상처에 오염된 물질들을 제거하는 단계라고 한다. 염증은 상처 주변의 혈류를 늘어나게 하고, 백혈구 등이 작용해 세균이나 이물질, 괴사된 피부조직 따위의 손상을 재건하는 과정이라고 할 수 있겠다. 염증은 새살이 돋아나 상처를 메꾸기 위해 반드시 거치게 되는 꼭 필요한 단계가 아닐까 싶다. 살다 보면 마음에도 염증이 생길 때가 있다. 몸에 난 상처는 드러나 있어서 치료의 과정을 볼 수 있지만, 마음의 상처는 그 크기와 깊이를 가늠하기 어렵다. 그래서 치유의 시기를 놓치기 쉽다.

마음의 상처가 생겼을 때 알아차리고, 즉시 치유를 시작하는 사람은 흔치 않다. 마음의 상처는 눈에 보이지 않기 때문에 대부분 그냥 방치해버리기 쉬운 것이 일반적이다. 그러다 또 다른 상처가 생기면 이전의 상처는 특별한 치유의 과정도 없이 마음 깊숙한 곳으로 밀려나거나 엉뚱한 곳으로 터져 나온다. 마음에는 자연 치유가 없다. 돌보지 않은 상처는 언제고 모습을 드러낸다. 세월이 많이 흘러 잊힐 법도 한데, 치유받지 못한 마음은 비슷한 상황이 오면 제일 먼저 고개를 내민다. 사람들은 이것을 트라우마라고 부르고, 언젠가는 반드시 치유해야 하는 마음의 질병으로 분류하기도 한다. 상처받은 몸에 치료가 필요하듯 마음도 반드시 치유의 과정이 필요하다.

상처난 마음은 몸에서처럼 염증 단계를 거쳐야 한다. 아쉬운 것은 마음의 염증은 그 때를 알 수 없다는 것이다. 마음의 염증은 알 수 없는 곳에서 여러 가지 형태로 나타나게 된다. 발견이 된다고 해도 치유 방법도, 치유 기간도 알아내기가 어렵다. 병원을 통해서 치유될 수 있는 것이 아니기 때문이다. 어떤 상처는 원인을 알아내는 데까지 많은 시간과 노력이 필요할 때도 있다. 처방 또한 마찬가지다. 사람이 약이 될 수도 있고, 자연이 주는 평화로움이 약이 될 수도 있다. 우연히 듣게 된 음악을 통해 치유되기도 하고, 반려견이나 반려묘를 통해 치유된다고 말하는 사람도 있다.

내 삶을 돌아볼 때 크고 작은 상처들이 많았다. 가장 큰 상처는 공황이 됐다. 어머니를 떠나보내고 극심한 공황이 찾아왔다. 친구의 손에 이끌려 겨우 따라간 곳은 다름 아닌 신경정신과였다. 그냥 이대로 죽고 싶냐며 눈물까지 흘리는 친구의 마음에 내 발이 움직였다. 내 안의 나는 정말 죽고 싶었을까? 아니다. 나는 너무나 절실하게 살고 싶었을 것이다. 마음속에서 출구를 찾지 못해 길을 잃고 헤매고 있었던 게 아닐까 싶다. 친구가 예약해줘서 특별한 접수 절차도 없이 바로 진료실로 들어갔다. 아이처럼 친구의 손을 놓지 못하는 나의 손을 의사 선생님께서 대신 잡아주셨다. 그러고는 가볍게 내 등을 토닥토닥해주셨다. 순간 그 손이 나의 마음을 알아주는 것 같았다. 주체할 수 없이 눈물이 쏟아졌다.

울고 싶으면, 실컷 울어도 된다는 선생님 말씀 때문이었을까, 눈물인지, 콧물인지 구분할 수 없을 정도로 서럽게 목 놓아 울었다. 얼마나 울었을까? 가슴속이 조금은 시원해진 느낌이 들었다. 선생님의 첫 질문은 참으로 뜬금없는 것이었다.

"식사는 언제 하셨어요?"
"…."

기억이 나지 않았다. 무엇을 먹은 기억이 없었다. 선생님의 질문에 갑자기 시장기가 돌았다. 이 상황에 시장기가 웬 말인가? 몸은 마음과는 상관없이 마구 신호를 보내고 있었다.

"밥을 먹어야 힘내서 울기라도 하죠. 일단, 옆방에서 식사부터 하시고 링거 하나 맞고 다시 상담하겠습니다."

원래 정신과 상담은 이런 방식인가? 의문을 가질 겨를도 없이 간호사 선생님과 친구의 안내로 준비된 국밥 한 그릇을 정신없이 먹었다. 신기하게도 국밥이 먹혔다. 그때 먹었던 국밥을 아직도 잊을 수가 없다. 내 생애에 최고로 맛있는 국밥이었다. 국밥 한 그릇을 든든하게 먹고 나니, 간호사 선생님께서 링거를 놔주셨다. 내 손을 꼭 잡아주는 따뜻한 친구의 손과 한 방울씩 떨어지는 링거를 보며 깊은 잠에 빠져들었다. 간만에 숙면을 했던 것 같다. 시간이 얼마나 지났을까? 눈을 떠보니 친구는 여전히 곁을 지키고 있었다. 그 순간 다짐했다. 언젠가 이 친구가 어려운 상황에 처하면 그것이 무엇이든 간에 꼭 구해줄 것이라고.

며칠이 지나고 조금씩 정신을 차려가고 있을 무렵, 친구가 찾아왔다. 그날 친구에게서 깜짝 놀랄 말을 듣게 됐다. 데려간 병원의 의사 선생님이 바로 초등학교 동창이라는 것이다. 불면증 때문에 찾게 된 병원에서 의사가 된 동창을 만나게 된 것이라고 했다. 그 말을 듣고 보니 어쩐지 낯익은 듯한 느낌이 들었던 것 같기도 했다. 순간 머릿속이 복잡해졌다. 병원에 들어설 때부터 나올 때까지의 과정들이 영화처럼 머릿속을 스쳐 지나갔다. 눈물, 콧물, 그리고 국밥에 링거까지…. 일반적인 진료가 아니었다는 것은 조금만 생각해봐도 알 수 있었을 텐데, 그때의 나는 눈치나 염치를 챙길 정도로 정상적인 상태가 아니었던 게 확실했다. 생각하면 할수록 창피했고, 쥐구멍에라도 들어가버리고 싶은 심정이었다.

그때를 생각하면 나는 아직도 목구멍이 쩌릿하다. 친구와 의사가 된 동창에게 커다란 사랑을 받았기 때문이다. 그래서 여전히 그들은 내게 소중하다. 친구는 내 어머니를 무척 좋아했다. 딸인 나보다도 어머니와 합이 좋았다. 김장했을 때도, 맛있는 반찬을 했을 때도 엄마는 친정어머니처럼 친구를 챙기셨다. 어머니는 늘 야무진 친구에게 입버릇처럼 나와 오래도록 좋은 사이로 지내줄 것을 부탁하셨다고 한다. 자신의 죽음을 예견하고, 유언처럼 하신 말씀이 아니었을까 하는 생각이 들기도 했다. 그런 친구의 눈에 짐승이 되어 먹지도, 자지도 못하는 나는 한없이 가여워 보였으리라. 친구는 의사가 된 동창에게 나의 상태를 전달했고, 둘은 나를 거부감 없이 자연스럽게 도와줄 방법을 찾았던 것이다. 진심 어린 사랑이었다. 보통의 마음으로 할 수 없는 커다란 배려를 받은 것이다.

시간이 많이 지나서 살던 곳을 떠나올 때, 친구와 함께 병원을 다시 찾아갔다. 그때 나를 살렸던 국밥을 함께 먹었다. 다시 먹은 국밥은 그때의 맛은 아니었다. 내가 그때의 내가 아니듯, 국밥도 그때의 맛이 아닌 것은 당연했다. 의사인 친구는 진료실에 들어서는 나를 보고, 눈물이 왈칵 쏟아질 뻔했다고 한다. 전해 들은 상태보다 훨씬 더 안 좋아 보였고, 깡말라서 떨고 있는 모습이 마치 옷이 떨고 있는 것처럼 보였다고 했다. 친구는 두 가지를 부탁했다고 한다. 일단, 먹게 해주고 잠시라도 잘 수 있게 해달라고 말이다. 진료를 가장한 철저한 각본이었다. 이는 죽음을 목전까지 끌어온 위태로운 친구에 대한 구조의 시나리오가 아니었을까?

내 마음속 깊은 상처는 공황이라는 염증으로 드러났다. 마음은 내게 괜찮지 않음을 최선을 다해 알려주고 있었던 셈이다. 의사인 동창은 눈물에 콧물까지 흘려가며 서럽게 울음을 토해내는 나를 보고, 빠른 회복의 가능성을 봤다고 했다. 상처가 너무 깊어서 우는 것조차 하지 못하는 환자들도 많다고 한다. 음식을 먹고 체하면 토하듯 마음도 감당할 수 없는 것을 먹게 되면 토해내는 것은 당연한 것이라고 한다. 그렇게 나는 상처받은 마음을 울음으로 서럽게 토해냈던 것이다. 이것은 치유의 한 과정이었으리라. 내게 내려진 처방전은 울음 한 바가지와 따뜻한 국밥 한 그릇, 그리고 잠시의 숙면과 두 친구의 사랑 두 알이었을 게다. 동창은 내게 최고의 명의였다.

상처는 드러나야 치료가 쉽다. 마음의 상처는 드러나지 않기 때문에 드러내야 한다. 고난과 시련은 그 상처를 치유하는 과정을 통해 삶에 경험과 지혜를 선물한다. 진정한 사랑과 배려를 알게 하고, 되돌려줄 수 있는 마음과 방법을 찾게 해준다. 이것은 선행이다. 어머니로부터 시작된 사랑이 친구를 통해 나를 구했다. 시련은 지구별로 오기 전 영혼의 단계에서 자신이 만들어놓은 시나리오라고 한다. 그렇다면 시련으로부터 나를 구해줄 귀인의 등장 또한 내 시나리오다. 공황이 염증처럼 드러나지 않았다면 치유도, 귀인도 없었을 것이다. 시련은 공황이라는 염증 단계를 거쳐 치유의 과정을 통해 귀인을 선물해줬다. 시련은 내 삶의 커다란 축복이고, 감사가 아니었을까?

많이 두드려야
좋은 그릇이 된다

내가 사는 곳 근처에는 방짜 유기로 유명한 곳이 있다. '안성맞춤'이란 말이 만들어진 곳이다. 안성맞춤이란 경기도의 지명인 '안성'과 '맞춤'의 합성어다. 17세기 이전까지 상류층에서만 사용할 수 있었던 유기그릇을 맞춤 제작하는 것으로 유명해지며 생겨난 말이다. 특히 과거 안성의 유기는 그릇을 두드려서 만드는 방짜 유기로, 품질이 좋고 튼튼하기로 유명했다. 제작 과정에 많은 시간이 소요된다는 점과 노동력이 많이 들어 값이 비싸다는 단점도 있지만, 그 때문에 희소가치를 더할 수 있었던 것으로 생각된다. 당시에는 유기가 부의 상징이 아니었을까 싶다. 방짜 유기는 천 번을 두드려야 비로소 완성된다고 해, '두드림의 예술'이라고 불리기도 한다.

안성의 방짜 유기가 유명한 이유는 품질이 좋고, 튼튼하기 때문이다. 천 번의 두드림을 견디고 좋은 그릇으로 탄생한 것이다. 사람도 유기와 마찬가지가 아닐까? 살다 보면 여러 가지 상황들로 인해 넘어지고 깨지고 상처받기 일쑤다. 이럴 때 마음의 근육이 단단하지 않으면 상처는 더 깊이 파이고, 재생이 어렵다. 그래서 마음의 근육을 단련시키기 위한 두드림의 과정이 꼭 필요하다. 나는 이것을 마음 근육 강화를 위한 훈련이라 말하고 싶다. 실패와 좌절의 순간이 반복해서 찾아와도, 두려워하거나 겁먹을 필요가 없다. 그것은 나를 훈련시켜 더 튼튼한 나로 거듭나게 해줄 것이기 때문이다.

방짜 유기를 만드는 마지막 과정은 담금질이다. 천 번의 두드림과 함께 강도를 높이기 위해 물에 담가 식히는 과정을 말한다. 담금질은 여러 곳에 비유적으로 쓰이는 말이다. '부단하게 강도 높은 훈련을 시키는 것'을 '담금질하다'라고 말하는 것은 여기에서 비롯된 말일 것이다. 천 번의 두드림과 천 번의 담금질 속에서 높은 강도의 방짜 유기가 탄생 되듯, 천 번의 두드림과 담금질 같은 고난과 시련 속에서 높은 강도의 마음이 탄생되는 게 아닐까 싶다. 보험 일을 하면서 15년 동안 수많은 두드림과 담금질이 있었다. 고객의 거절에 좌절한 적도 있었고, 자격지심이 생겨 스스로 자존감을 바닥으로 끌어내릴 때도 있었다. 거절이 주는 상처는 매번 아프다. 괜찮아질 법도 한데, 매번 다른 거절은 매번 다른 상처를 남겼다.

신입이었을 때의 일이 떠오른다. 소관(모집인이 퇴사해서 넘겨받게 된 관리 고객)으로 연결된 고객들이 있었다. 전화로 간단한 인사와 함께 서비스 담당자가 변경됐음을 알렸다. 그랬더니 고객은 무턱대고 화를 냈다. 신입인 나로서는 어떻게 응대해야 할지 난감한 상황이 아닐 수 없었다. 그렇다고 같이 화를 낼 수도 없는 입장이었다. 왜냐하면, 불만 고객을 응대하는 방침에는 '같이 화를 내며 맞받아친다'라는 내용은 어디에도 없었기 때문이다. 일단 방침대로 고객의 말을 전부 들어주었다. 그리고 나니, 고객은 조금 진정이 되는 듯했고, 불만 사항이 무엇인지 들리기 시작했다. 고객의 불만은 단순했다. 모집인의 퇴사로 버려진 것 같은 불편한 느낌이 불만이 되어버린 것이었다.

첫 번째 전화에서 의기소침해진 나는 그 후로 고객에게 전화하는 것이 두려워졌다. 전화를 걸기 전 몇 번이고 매뉴얼을 소리 내 읽어보며 응대 방법을 익혔고, 거울을 보며 혼자서 연습도 참 많이 했다. 두려움이 나의 가장 큰 적이었다. 전화를 걸어서 두세 번 정도 신호가 가도 받지 않으면, 오히려 고맙기까지 했다. 고객과 연결이 되어야 약속을 잡고, 그것이 컨설팅으로 이어지는 것을 알고 있음에도 두려움은 쉽게 가시지 않았다. 그런 내게 용기를 주는 고객이 있었다. 고객은 초등학교 교사로 재직 중인 분이셨다. 전화기 너머로 소란스러운 아이들의 목소리가 들려왔다.

"안녕하세요? 고객님! 저는 ○○생명 이미경 설계사입니다."
"아 네, 안녕하세요?"
"잠시 통화가 괜찮으실까요?"
"네, 10분 정도 괜찮습니다. 아이들 때문에 시끄러우니 잠시 나가서 받을게요."

잠시의 통화로 담당자가 변경됐음을 알리고, 가입된 상품의 보장 내용도 간단하게 요약해서 전달해드렸다. 통화를 종료하려던 내게 전하는 고객의 한마디는 감동 그 자체였다.

"오늘 스트레스가 참 많았던 날이었는데, 설계사님 전화 한 통으로 기분이 아주 좋아졌어요. 목소리도 예쁘시고, 아주 긍정적인 분이신 것 같아요. 알아듣기 쉽게 설명도 잘해주시고, 귀에 쏙쏙 들어오네요. 앞으로 누가 보험이 필요하다고 하면 꼭 소개해드릴게요."

순간 날아갈 것 같은 기분이 들었다. 계약을 성사시킨 것보다 훨씬 더 큰 기쁨이었다. 그 통화 하나로 나는 전화에 대한 두려움이 사라졌다. 얼마나 고마운 일인가? 그 후 선생님은 실제로 남편분과 동료 선생님을 소개해주셨다. 무작위로 실시하는 고객만족도 조사에서도 후한 점수를 주셨고, 칭찬까지 덤으로 얹어 주셨다.

15년이 지난 지금까지도 선생님과는 인연을 이어간다. 세월의 흐름에 따라 선생님은 두 명의 자녀를 모두 출가시키셨다. 그 모든 시간을 함께했다. 나도 두 아이의 엄마인지라 공감이 되는 부분이 많았고, 때로는 조언도 구했다. 보석 같은 고객을 만나 동반 성장을 하게 된 것이라고 할 수 있겠다. 보험에서는 이것을 '세대 마케팅'이라 말한다. 오랜 기간 일하면 고객이 성장하고, 결혼하며, 자녀를 낳고, 그 자녀가 자라서 또 다른 고객이 되는 것을 일컬어 붙여진 이름이다. 그날의 전화에서는 내 목소리가 예뻤던 게 다가 아닐 것이다. 타이밍이 좋았고, 무엇보다도 좋은 고객을 만나게 된 좋은 운이었을 것이라고 생각한다.

대부분 사람은 좋은 설계사가 좋은 고객을 만드는 것이라고 말한다. 틀린 말은 아니다. 하지만 좋은 고객이 좋은 설계사를 만들기도 한다. 첫 전화 응대에서 호의적이지 않았던 고객님도 지금은 나의 팬이 됐다. 그리고 선생님을 통해 얻은 용기는 오래도록 큰 힘이 되어줬다. 상황은 변하고, 감정도 흘러간다. 거절의 상황에 부딪히더라도 피하거나 등을 돌리지 않는다면, 반드시 해결점을 찾게 되어 있다. 그것이 좋은 결과를 내지 못해도 상황이 주는 의미는 경험으로 남는다. 다른 고객을 응대할 때 좋은 지침서가 되어주기도 한다. 처음부터 좋은 고객, 처음부터 좋은 설계사란 없다. 과정 속에서 만들어지고 완성되어 가는 것이다.

후배들을 교육할 때 종종 그때의 사례를 들려주곤 한다. 거기에 덧붙여 들려주는 이야기가 방짜 유기에 관한 이야기다. 천 번의 두드림과 담금질을 견뎌야 좋은 유기가 된다는 교훈과 함께, 거절과 실패가 많았다면 분명 더 크게 성공할 것이라고 말해주기도 한다. 천 번의 거절이 있었다면 천 번의 경험과 지혜가 쌓일 것이다. 그리고 만 번의 기회가 올 것이다. 15년의 경력은 그 사실을 깨닫기에 충분한 시간이었다. 내가 후배들의 업무 노트 첫 장에 쓰도록 하는 다섯 가지가 있다.

1. 오늘은 처음 만나는 날이다.
2. 고객은 나를 거절하는 것이 아니다.
3. 나는 소중하고 특별한 사람이다.
4. 오늘 내가 만나는 고객은 운이 좋은 사람이다.
5. 내가 걷는 모든 길의 이름은 '성장'이다.

나는 후배들에게 이것을 쓰게 하고, 때때로 필사와 확언을 하게 한다. 고난과 시련은 아프다. 절망스럽고 두려움과 공포로 삶을 포기해버리고 싶은 생각마저 들게 할 때도 있다. 하지만, 잊지 말아야 할 것이 있다. 기회는 고난과 시련 뒤에 숨어서 온다는 사실이다. 그래서 우리는 이것을 넘어야 한다. 거절도 마찬가지다. 잘 견디고 넘어가면 기회가 운처럼 다가온다. 고난과 시련은 나를 좋은 그릇으로 성장시키기 위한 과정일 것이다. 대기만성(大器晩成)이라는 말처럼 큰 그릇은 천천히 만들어진다. 시련의 과정이 길었다면, 더 큰 그릇이 되는 준비 과정일 것이다. 그렇다면 시련은 큰 운이 오고 있음을 알려주는 신호가 아닐까.

4장

반전 있는 드라마가
더 재미있다

신데렐라는
동화 속에나 존재한다

월트 디즈니(Walt Disney Co)의 만화 영화 〈신데렐라〉는 너무나 유명한 동동화 원작을 멋지게 재구성한 영화다. 주인공 신데렐라는 금발 머리에 푸른색 옷을 입고 식물은 물론 동물과 소통하는 능력이 있고, 그녀를 지켜주는 수호천사는 셋이나 된다. 그러나 여기서 내가 누구나 알고 있는 동화 속 신데렐라를 이야기하려는 것은 아니다. 신데렐라를 생각하면 대표적으로 떠오르는 내용이 있을 것이다. 대부분은 좋은 남자를 만나서 팔자를 고치고, 신분 상승하는 이야기로 기억하고 있을 것이다. 나 역시도 신데렐라를 떠올리면 '멋진 왕자를 만나 고생 끝, 행복 시작'으로 기억하고 있다. 하지만 이는 원작자가 의도한 교훈과는 거리가 먼 내용일 것이다.

신데렐라는 분석해 보면 등장인물 각자의 역할이 명확한 시나리오다. 고난과 시련을 담당하는 계모와 언니들, 귀인의 역할을 담당하는 왕자님,

그리고 신데렐라를 지켜주고 일깨워주는 수호천사가 등장한다. 〈신데렐라〉가 오랜 세월 살아남고 전해 내려오는 이유를 권선징악(勸善懲惡)이라고 생각하는 것이 일반적이다. 하지만 나는 조금 다른 생각을 해 본다. 내가 생각하는 신데렐라 이야기는 고진감래(苦盡甘來)다. 실제로 신데렐라 이야기는 고난과 시련을 담당한 계모와 언니들이 벌을 받는 내용에 집중되어 있지 않다. 동화 속 신데렐라는 자신에게 닥친 고난과 시련을 탓하지 않고, 겸허히 받아들이고 이겨내 좋은 기회를 받았다는 내용에 집중되어 있기 때문이다.

로버트 슈워츠(Robert Schwartz)의 책 《웰컴투 지구별》에서 저자는 "누구나 태어나기 전 영혼의 단계에서 이번 생에 어떤 경험을 해나갈지 계획을 세우고 온다"라고 이야기하며, "사고나 장애, 질병 등 삶의 고난과 시련 속에는 더 큰 영적인 목적이 있다"라고 말한다. 말하자면 내가 살아가는 삶은 이생으로 오기 전, 영혼의 단계에서 미리 계획한 시나리오였음을 말하고 있는 셈이다. 고난과 시련을 미리 계획하고 왔다는 사실을 처음 접했을 때는 쉽게 이해가 되지 않았다. '이왕이면 부와 행복만 계획하는 게 좋지 않았을까?' 하는 생각이 들기도 했다. 그러나 책을 읽으면서 그것이 잘못된 생각임을 알게 됐다. 고난과 시련의 다른 이름은 축복과 선물이었음을 깨닫게 됐기 때문이다.

해 뜨기 전 세상은 가장 어둡다. 그러므로 태양은 더욱 밝고 눈부시다. 세상이 온통 밝은 상태로만 지속된다면, 빛을 인식할 수 없었을 것이다.

세상에는 빛과 동시에 어둠이 존재한다. 어둠을 통해 빛의 소중함과 감사함을 깨닫게 된다. 어둠은 빛을 더욱 빛나게 하는 필수 조건이라고 할 수 있겠다. 고난과 시련은 어둠이다. 어둠은 새벽을 열어 눈부신 태양으로 떠오른다. 삶의 고난과 시련을 겸허히 받아들이고 견디고 이겨내면, 그 뒤에 찾아오는 기회와 행복은 훨씬 더 값진 것이 될 것이다. 시련 없는 행복은 소소한 일상과 같다. 지독한 고난과 시련 없이 세상을 살아가는 사람들은 그 끝에서 얻어지는 진한 행복의 맛을 알 수 없기 때문이다.

내가 이생에 오기 전 계획한 시나리오는 무엇이었을까? 나는 15년 차 싱글맘이다. 독특한 가족사를 가지고 있다. 큰아이는 입양했고, 둘째 아이는 여섯 번의 시험관을 통해 목숨 걸고 얻었다. 인연을 끊어내고 싶은 이복동생도 있다. 39살 이후에 지독하게 세상을 배우며 살아왔고, 지금의 내가 됐다. 일찍 세상을 등지고 가신 부모님에 대한 원망과 가정을 끝까지 지켜주지 못한 남편에 대한 분노, 그리고 세상을 향한 적개심과 자격지심으로 똘똘 뭉쳐 살았다. 마음과 몸에 잔뜩 힘을 주고 성난 고슴도치처럼 가시 돋친 모습으로 살아왔다. 받은 상처가 많았으므로 더 이상 상처받고 싶지 않다는 생각에 더욱 날을 세우고 살았던 게 아닐까 싶다. 이 모두가 내가 계획해놓은 시나리오였다면, 막장 드라마에 등장하는 지독한 비련의 여주인공이 내 역할일 것이다.

이번 생의 삶을 통해 경험하고 얻고자 했던 지혜는 무엇이었을까? 내게 닥친 고난과 시련을 역행해 생각해 보기로 했다. 전생에 나는 대대로 장수하는 집안의 남자였을 것이다. 아내와 슬하에 자녀가 아주 많았을 것 같다. 자녀가 너무 많다 보니, 모두에게 고루 사랑을 주기가 어려웠고, 가사의 보탬을 위해 몇은 아이가 없는 집에 양자로 보냈을 것이다. 적당히 물려받은 재산으로 일생을 노동과는 담을 쌓고 살았을 것이고, 있는 돈으로 첩을 들이고 그 자식도 봤을 것이다. 착한 아내의 마음을 평생 돌봐주지 않았고, 장수하는 부모님을 짐처럼 생각하며 살았을 것 같다. 나의 전생을 한마디로 표현해 본다면 '평생을 한량으로 대충 살다가 생을 마감한 자'일 것이다.

이번 생의 지독한 고난과 시련을 반추해 보면, 전생의 삶이 그려진다. 이번 생에서 경험한 고난과 시련의 의미가 무엇인지도 깨닫게 된다. 나는 내가 유일무이한, 특별하고 소중한 존재임을 알아야 한다. 창조주와 닮은 나를 아끼고 가꾸며 이롭게 해야 한다. 부모님과 오래도록 함께할 수 있는 삶은 축복이다. 자식은 나를 공부시키는 선생님이며, 내가 만든 소중한 보물이다. 자식을 늘 아끼고 사랑으로 기꺼이 돌봐야 한다. 부부는 반드시 평생을 함께할 수 없다. 따라서 인연을 함께하는 동안 서로에게 책임감 있게 도리를 다해야 한다. 인연이 끝났다고 해도, 각자의 삶을 존중하고 비난하지 않아야 한다. 서로의 행복까지 빌어줄 수 있다면 성숙한 사람이다. 삶은 주체적으로 살아야 한다. 누구에 의한 누구를 위한 삶이 아닌, 나에 의한 나를 위한 삶을 살아야 한다. 의존해서 사는 삶은 의존의 대상이 사라지면 원망만 남는다.

15년을 싱글맘으로 살아오면서 신데렐라의 잘못된 환상을 꿈꿔 본 적도 있었다. 삶이 지치고 힘들 때면, 더더욱 동화 속 주인공으로 빙의해 나를 하루아침에 신분 상승시켜줄 왕자님을 기대했다. 그를 통해 안정적인 부와 풍요를 누리며, 하고 싶은 것, 갖고 싶은 것, 사고 싶은 것 모두 값을 고민하지 않고 척척 살 수 있는 삶을 꿈꿨다. 더 이상 가사노동과 월말에 숨 막히는 마감, 그리고 카드 대금을 걱정할 필요 없는 삶, 그런 삶을 내게 선물해줄 왕자님과의 만남을 막연히 꿈꾸며 살았다. 그러나 세상에는 공짜가 없다. 이 말은 진리다. 얻고자 하는 것이 있다면 반드시 내줘야 하는 것이 있기 마련이다. 이것이 인지상정(人之常情)이다. 내가 바라는 것을 얻으려면, 나도 누군가에게는 신데렐라가 되어야 한다는 뜻이 된다.

싱글이 되어서 몇 번의 만남이 있었다. 그럼에도 나는 여전히 싱글이다. 여러 가지 이유에서 만남이 지속되지 못했다. 조건이 맞지 않는 사람도 있었고, 성격이 맞지 않는 사람도 있었다. 또 어떤 사람은 나를 신분 상승시켜줄 만한 재력을 가진 사람도 있었지만, 인연으로 이어지지 않았다. 나에게는 여러 형태의 내가 있다. 엄마인 나, 일하는 나, 혼자만의 시간이 소중한 나, 여행을 좋아하는 나, 커피와 독서를 즐기는 나, 사랑보다는 소울(soul)에 매력을 느끼는 나. 여러 가지 형태의 나를 오롯이 인정하고 받아들여 줄 수 있는 사람은 없었던 것 같다. 사람을 고르고 만나는 일은 물건을 고르는 것보다 훨씬 더 어렵고 힘든 일이다. 물건처럼 교환이나 환불도 어렵기 때문이 아닐까 싶다. 인정해야 하는 사실은 그들이 찾는 것은 '인어 공주'였고, 내가 원하는 것은 신데렐라 동화 속 왕자라는 사실이다. 전혀 다른 동화고, 다른 맥락이다.

신데렐라는 동화 속에나 존재한다. 정확히 말하면, 나를 하루아침에 다른 세상으로 데려다줄 왕자는 어디에도 없다는 사실이다. 동화 속에서조차도 신데렐라는 자신에게 닥친 고난과 시련을 겸허히 받아들이고 묵묵히 견디며, 매일매일 감사로 하루를 마무리했다. 요즘으로 말하면, 어느정도 영적인 성장을 이루었던 게 아니었을까 하는 생각이 들기도 한다. 신데렐라는 수호천사의 존재를 봤다. 생쥐와 새들과도 영적 교감과 대화를할 수 있었다. 재투성이가 된 모습으로 청소와 빨래를 하면서도 언젠가이루어질 꿈에 대해 기분 좋은 상상을 하며 콧노래를 불렀다. 이미 오래전동화 속 신데렐라는 시각화와 심상화를 하고 있었던 셈이다.

내 삶을 좋은 곳으로 데려다줄 귀인의 출몰은 나로부터 기인한다. 사람과의 관계에 대한 부정적 트라우마를 정화하고, 나 스스로 귀인을 맞이할 행운의 체질로 바뀌어야 한다. 유유상종(類類相從)이라는 말도 있듯이 좋은 내가 좋은 사람을 끌어당기게 될 것이다. 좋은 사람을 만나지 못했다면, 나조차 좋은 사람이 되기에는 부족했을 것이다. 이제부터 나는 좋은 사람을 만나는 일보다는 좋은 내가 되는 작업에 집중할 것이다. 좋은에너지를 가진 사람이 될 것이다. 좋은 에너지는 같은 에너지를 끌어당긴다. 인생 후반전의 나는 분명 좋은 사람을 끌어당기게 될 것이다.

내 운명은 결국
내 선택이었다

세상을 살다 보면 참 많은 선택의 기로에 서게 된다. 마치 사다리 게임을 하는 것처럼 이것이든 저것이든 선택해야만 하는 일들이 많다. 모든 선택의 결괏값이 만족스러운 것이라면 좋겠지만, 어떤 선택은 선택의 시점으로 되돌아가고 싶은 후회를 남기기도 한다. 사람의 마음이 그렇게 종잇장처럼 가벼울 때가 있다. 최선을 다해 신중한 선택을 했음에도 불구하고, 불편한 결괏값 앞에서는 꼭 하염없이 가볍고 작아진다. 그리고 팔자 탓, 운명 탓을 해댄다. 살면서 크고 작은 선택을 해야 할 일들이 있었다. 돌이켜 보면, 선택의 완성은 만족스러운 결괏값이 아니었을까 싶다. 결과가 만족스러웠다면, 최고의 선택이 되는 셈이다.

운명(運命)이란 앞서 말했듯 움직일 운(運)과 명령할 명(命)으로 만들어진 단어다. 여기서 보면 운(運)이 명(命)보다 앞선다. 이것이 의미하는 바는 아주 크다. 사람은 태어나면서 사주팔자를 명 받는다. 이것은 명이다. 사주는 태어나는 순간 정해지는 것이다. 그렇다면, 운(運)이 명(命)보다 앞서있는 이유가 무엇일까? 그것은 사주팔자에 운을 더하면 그것이 운명이 되는 것이고, 타고난 사주팔자보다 중요한 것은 운이란 사실을 알 수 있는 내용이다. 운은 움직이는 것이다. 머물기도 하지만, 그냥 흘러가기도 한다. 운의 유동성과 흐름을 이해한다면, 명은 얼마든지 바꿀 수 있다는 뜻이기도 하다.

살다 보면 수많은 기회의 때가 찾아온다. 절묘한 순간의 선택이 기회가 되어 운을 열어주기도 하고, 기회가 온 것임을 모른 채 버스가 떠난 다음에서야 후회하며 그것이 기회였음을 깨닫게 되는 경우도 있다. 기회는 시련처럼 다가온다는 말이 있다. 이 말은, 기회는 시련을 극복하고 이겨냄과 동시에 운으로 작용한다는 뜻이 된다. 기회는 무거운 선택의 갈등으로 나타난다. 모두가 그렇듯 굳이 어려운 삶과 고통스러운 시련을 선택하기란 쉽지 않은 일일 것이다. 기회가 내미는 선택 앞에서 요령을 피우고 싶어지는 것은 당연한 일이다. 쉬운 길을 선택하는 것도 본인의 선택이다. 쉽게 사는 인생은 평온하고 좋아 보이겠지만, 그 삶에서는 시련이 주는 경험과 지혜를 얻을 수는 없을 것이다. 아무것도 선택하지 않는 선택을 할 수도 있겠다. 이 또한 선택이다. 이 말은 '아무것도 하지 않으면 아무 일도 일어나지 않는다'라는 말의 증명인 셈이다.

쉰을 훌쩍 넘긴, 적지 않은 인생을 살아온 나에게는 많은 선택의 갈림

길이 있었다. 이 나이가 되어서야 인생은 선택의 연속이며, 현재의 삶과 모습은 과거의 선택에 의해 만들어진 결괏값이라는 것을 깨닫게 됐다. 우리는 매일 선택의 연속으로 하루하루를 살아간다. 나는 아침에 알람이 울리는 순간부터 선택의 갈등을 겪는다, 지금 일어날까? 아니면 10분만 더 잘까? 냉수를 마실까? 아니면 온수를 마실까? 누룽지를 먹을까? 아니면 시리얼을 먹을까? 재킷을 입을까? 아니면 점퍼를 입을까? 이렇게 크고 작은 선택으로 하루가 시작된다.

점퍼를 입고 출근했는데, 하필이면 그날에 중요한 일정이 생길 때가 있다. 한눈에 전문가적인 이미지를 주는 것은 점퍼보다는 재킷이다. 나는 또 선택해야 한다. 집에 돌아가 재킷으로 갈아입고 고객을 만날 것인지, 아니면 이대로 '수수함도 매력이 될 수 있다'라고 합리화하고 고객을 만날 것인지…. 결과는 말하지 않아도 알 수 있을 것이다. 좋은 이미지가 당연히 좋은 결과로 이어질 확률이 높기 때문이다.

내 삶을 돌이켜 생각해 볼 때, 커다란 선택의 오류로 인해 많은 시련과 고통이 있었던 것을 알 수 있었다. 내 삶 속에서 선택의 대표적 오류는 그와의 결혼이다. 결혼을 결정했을 때부터 오류였다. 스물이 갓 넘은 나는 성인이 됐다는 것에 대해 많은 의미를 부여했다. 앞으로 살아갈 모든 인생은 내가 결정하고, 내 뜻대로 살고 싶어졌다. 어머니의 집착에 가까운 사랑은 숨이 막혔다. 나는 어머니가 계획한 대로 살아가는 인형과 같은 삶을 살았기 때문이다. 먹는 것도, 입는 것도, 만나는 친구도, 심지어 머리 스타일에 이르기까지 나의 모든 부분은 어머니의 선택과 결정으로 이루어졌다. 친구들은 이런 나를 부러워하기도 했지만, 나는 전혀 행복하지 않았다. 하루라도 빨리 독립하고 싶었고, 자유로운 삶을 갈망했다. 그래서 선택하게 된 것이 결혼이었다.

어머니처럼 살고 싶지는 않았다. 내가 본 어머니의 모습은 '남편 잃고 자식에게 집착하는 미망인' 그게 전부였기 때문이다. 어머니도 나도 각자의 역할에 충실했겠지만, 결코 행복한 삶은 아니었다. 어머니께서 결혼을 반대하는 데는 여러 가지 이유가 있었다. 일단 나는 스물이 갓 넘은 어린 나이였고, 결혼하겠다고 데려온 남자는 어느 것 하나 어머니의 입맛에 맞는 조건이 아니었다. 홀어머니에 층층이 시누이가 있고, 차남인데도 장남의 역할을 하고 있던 남편의 환경이 달갑지만은 않으셨을 것이다. 무엇보다도 아직 나는 학생의 신분이 아니었던가…. 결혼만이 답은 아니었음에도 나는 결혼으로 답을 구하고 있었던 게 아닌가 싶다.

그때의 선택은 내 삶의 변곡점이 되어버렸다. 나는 결혼을 했고, 아들을 입양했다. 시험관을 통해 목숨 걸고 딸아이를 낳았다. 어머니를 잃었고, 마침내 싱글맘이 됐다. 이혼을 결심하고 처음 든 생각은 모든 것을 원점으로 되돌리고 싶다는 것이었다. 남편을 만나기 전의 시점으로 되돌아가 거기서부터 다시 출발하고 싶어졌다. 그것이 가능한 일이 아니란 것은 내가 더 잘 알고 있는 사실이다. 그렇다고 해도 가능한 되돌릴 수 있는 모든 것들을 되돌려, 원점에서 다시 출발하고 싶었다. 세월과 함께 변해버린 상황은 어쩔 수 없다. 하지만, 나는 시간을 거슬러 다시 그때로 돌아간다면 절대로 하지 않았을 선택을 떠올리며, 내 인생의 시나리오를 다시 정리하고 싶었던 게 아닐까.

그를 만난 것은 운명이었을까? 나의 사주팔자를 알고 계셨던 어머니께서 귀에 못이 박히도록 하셨던 말씀이 있었다.

"너는 사람을 가르치고, 해외를 넘나드는 일을 하게 될 사람이야. 결혼은 서른이 넘은 나이에 생각해 보도록 하고, 혼자서도 충분히 빛나게 잘 살 사주이니 혼자 사는 것도 괜찮을 거야. 가는 곳마다 식복과 재복이 있고, 노후에는 명예와 권위까지 얻게 될 사주야. 그러니 세상의 기준에 맞추며 살아갈 생각은 버리고, 너는 너의 삶을 살아라."

사주팔자의 해석대로라면 나는 가만히만 있어도 평온한 삶을 살아갈 팔자가 아니었던가? 어머니가 알려주셨던 내용을 살펴보면, 노후가 되기 전의 삶에서 두 가지가 달라진 셈이다. 그것은 바로 이른 나이에 한 결혼과 팔자에도 없었던 자식을 갖게 된 것이다.

주어진 것이 아닌 것을 갖고자 한다면, 반드시 내줘야 할 것들이 생기게 된다. 그래서일까? 결국 나는 싱글맘이 됐고, 목숨을 담보로 힘겹게 자식을 얻었다. 너무도 가혹한 삶의 대가라고 생각할 수도 있겠지만, 인생 전반전을 치열하게 살아온 내 삶을 비춰 볼 때, 가혹한 시련만 있었던 것은 아니었다. 싱글맘으로 당당히 살아갈 수 있었던 것은 다름 아닌 자식들이었다. 자식은 삶의 이유이자 커다란 동기부여가 되어준다. 삶을 포기하고 싶었던 순간에도 나를 잡아준 것은 자식들이었다. 아무리 힘들고 어려운 일이 있어도 나를 바라보는 아이들을 생각하면, 힘이 나고 용기가 솟아올랐다. 그 힘으로 다시 일어나 가던 길을 묵묵히 갈 수 있었다.

사주팔자는 바꿀 수가 없다. 하지만, 운명은 바꿀 수 있다. 살다 보면 사주팔자를 거스르는 선택을 하는 경우가 생긴다. 그렇다면 삶은 그에 대한 대가를 반드시 치르게 한다. 내 삶의 경우를 봐도 증명이 된 셈이다. 잘못된 선택을 했다고 절망할 필요는 없다. 그럼에도 불구하고 삶은 우리에게 많은 기회를 제공하고, 운명을 바꿀 수 있는 타이밍을 가져다준다. 길을 잘못 들었을 때는, 다시 길을 찾으면 된다. 되돌아갈 수 없다면, 길을 만들며 가면 된다. 목표와 방향만 잃지 않는다면, 조금 늦어질 뿐 반드시 목적지에 도달할 수 있을 것이다. 때로는 돌아가는 길 위에서 멋진 기회와 운, 그리고 귀인을 만나는 경우도 생긴다. 내게는 이혼이 당당히 홀로 설 수 있는 기회를 만들어준 기회였고 운이었으며, 자식은 귀인이 되어준 셈이다.

사주팔자가 아무리 좋아도 기회와 운을 잡지 못하면 평범한 삶이 된다. 역으로 사주팔자가 좋지 않다고 하더라도, 그 흐름을 이해하고 기회가 온 것을 알아차려 운을 잡는다면 빠르게 성공할 수 있을 것이다. 성공까지는 아니어도 맨몸으로 날아오는 화살을 막아내는 험한 일은 피해갈 수 있지 않을까 싶다. 내 운명은 결국 내 선택이었다. 나는 팔자를 거슬러 겪어야 했던 시련의 의미를 알게 됐다. 삶은 시련을 통해 나를 성장시키고 경험과 지혜를 얻게 도와준다. 그리고 그것을 인내하고 잘 견뎌내면 커다란 선물도 가져다준다. 시련이 내게 준 커다란 선물은 자식과 엄마로서의 삶을 살아가면서 깨닫게 된 조건 없는 사랑이 아니었을까.

알고 보니 찬란한
나의 인생 후반전

내 나이 쉰 하고도 중반, 결코 적지 않은 나이다. '인생은 육십부터다'라는 말에 견주어 보면 인생의 후반전을 이야기하기에는 조금 이른 나이가 아닐까 하는 생각도 든다. 하지만 과감한 도전에 용기를 내기에는 많은 망설임과 두려움이 있는 나이이기도 하다. 공자(孔子)는 오십 세를 지천명(知天命)이라고 명했다. 《논어(論語)》 위정편(爲政篇)에서 공자는 "오십이지천명(五十而知天命)"이라고 말한 바 있다. 쉰은 하늘의 명을 깨달아 알게 되는 시기임을 말하는 것이며, 조금 더 자세히는 나이 오십에는 하늘의 뜻을 알아 그에 순응하고, 하늘이 만물에 부여한 최선의 원리를 안다는 뜻이 된다. 마흔까지는 주관적 세계에 머물렀다면, 쉰이 되면서 객관적이고 보편적인 경지에 들어섰음을 의미한다.

100세 시대를 말하는 요즘에 쉰이라는 나이는 인생의 전반전을 마무리하고 후반전으로 넘어가는 변곡점이다. 지천명이라는 말의 의미와 같이 삶의 방향과 세상을 바라보는 시선도 바뀌어야 하는 시점이다. 마흔까지는 가정을 이루고 아이들을 키워내며 정신없이 보냈다면, 쉰에는 내면에 집중하고 성찰하며 인생의 후반전을 계획하고 준비하는 기간이라고 할 수 있겠다. 멋진 인생 2막을 꿈꾸고 있다면, 나이 쉰이란 아주 중요한 시기임을 알 수 있게 된다. 나는 지금 이 중요한 시기를 지나고 있다. 곧 인생의 후반전으로 넘어가야 한다는 사실 앞에서 두려움이 앞선다.

중년이 되고 나니, 세월이 너무 빠르게 지나가버리는 것 같은 기분이 든다. 왠지 모를 조바심도 생긴다. '인생 후반전은 어떻게 살아야 할까?'라는 고민에 빠지게도 되고, 예전보다 삶을 점검하는 시간이 늘어난 것도 사실이다. 대범함은 사라지고 마음이 쪼그라들고 극안정주의 성향으로 변해가기도 한다. 인정하고 싶지 않은 사실이지만, 세상은 빠르게 변하고 나는 늙고 있다. 변화의 속도를 저항 없이 받아들이고 맞춰 가기는 버거운 것이 현실이다. 나이만큼 걱정도 늘어난다. 마흔까지 걱정의 대부분이 자식을 양육하는 것과 경제적인 것이었다면, 쉰부터는 건강과 노후를 추가해야 한다. 공자께서는 쉰을 지천명이라 하고, 내면과 자아성찰에 집중해야 하는 시기라고 말씀하셨다. 하지만 내 걱정의 대부분은 외부적 요인들로 가득하다.

삶의 주체는 나 자신이다. 그럼에도 불구하고 돌아보면, 내 삶은 온통 나 아닌 것들로 가득 차 있었다. 쉰을 맞이한 대부분 사람이 비슷한 삶의 패턴으로 살아가고 있을 것으로 생각한다. 그것을 '평범한 삶'이라 정의하고 혼자만 다른 길을 가고 있지 않다는 사실을 안심하고, 위안 삼는다. 이것은 참으로 큰 착각이다. 세상에서는 '평범한 삶'이란 정의 자체가 불가능한 일이다. 왜냐하면 우리는 모두가 특별한 존재이며, 각기 다른 방식으로 각기 다른 특별한 삶을 살아가고 있기 때문이다. 이것을 '평범한 삶'이라는 하나의 범위로 규정한다는 것은 내 삶에 부여된 특별한 의미를 희석시키는 것일 수도 있겠다. 그러니 우리는 모두 특별한 존재이며, 특별한 삶을 살아가는 것은 당연한 진리임을 알아야 한다.

나는 '아홉수의 저주'라고 할 만큼 많은 시련의 고비를 넘어왔다. 남들은 하나만으로도 버거울 고난과 시련들을 참으로 알차게 겪어온 셈이다. 시련도 내성이 생기는지, 새로운 시련은 이전의 시련 따위는 힘들었다는 생각조차 할 수 없게 만든다. 운동선수들은 자신의 한계를 극복할 때, 근육이 찢어질 것 같은 고통 속에서 '한 번 더!'를 외치며 근육을 키우고 실력을 늘려간다. 나는 내 삶의 고난과 시련이 그것과 비슷하다는 생각이 들었다. 시련은 매번 새롭고, 고통스럽다. 결코 이전의 것보다 가볍지도, 쉽지도 않다. 이제 와 생각해 보면 고난과 시련은 내가 그것에 내성이 생기도록 하고, 내 마음의 근육을 단단하게 만들어주는 과정이었으리라.

서로 다른 시련이 반복해서 찾아왔을 때마다 삶에 대한 원망과 분노로 가득했다. 세상 탓, 조상 탓, 팔자 탓 등등…. 책임을 전가할 대상이 필요했다. 고난과 시련의 크기가 커지고 고통스러운 만큼 원망의 대상도 더 늘려야 했다. 그만큼 분노의 마음 또한 커져간 것도 사실일 것이다. 세상 모든 것이 원망이고 분노였다. 나의 가난조차도 나라 탓이라 생각했고, 이미 지나간 과거의 시련까지 끌어와서 원망하고 분노했다. 이런 나에게 세상은 온통 적들로 가득해 보였다. 날을 세우고 살아야 했고, 벼랑 끝을 걷는 심정으로 위태롭게 세상을 살았다. 내 삶의 고난과 시련에는 가해자가 없다. 오직 나만이 피해자였을 뿐이다.

《웰컴투 지구별》에 따르면 나의 지독한 아홉수의 저주 또한 내가 준비하고 계획한 시나리오다. 그렇다면 내 삶의 고난과 시련의 가해자는 나 자신이 된다. 결국 가해자도, 피해자도 모두 나였다는 사실을 반증해주는 것이다. 그렇다면 '나는 왜 지독한 고난과 시련을 계획한 것일까?'라는 자연스러운 의문이 생긴다. 또한 '나는 이번 삶을 통해 무엇을 얻을 것이며, 그 의미는 무엇일까?'라는 질문을 해 본다. 책에 따르면 우리가 영혼의 단계에서 다음 생의 고난과 시련을 계획하는 이유는 경험과 지혜를 얻기 위한 것이다.

지구별에 온 우리는 현생을 살아가면서 계획된 시나리오대로 많은 고난과 시련을 겪게 된다. 이것을 이겨내면서 쌓은 지식과 경험, 그리고 노하우는 지혜와 깨달음이 될 것이다. 여기까지가 끝은 아니다. 내 삶이란 시나리오의 결말은 소중한 지혜와 깨달음을 세상에 내주고, 왔던 곳으로 돌아가는 것이다. 이렇게 한 편의 드라마가 종영되고, 다시 영혼의 단계로 돌아가면 내 영혼의 급수가 상승한다. 영혼의 진급을 하는 셈이다. 막장 드라마가 더 재미있고, 더 높은 시청률이 나오듯, 내 삶의 시나리오가 고통스럽고 가혹할수록 더 높은 가산점을 받을 것이다. 결론적으로 고통스러운 고난과 시련은 영혼의 진급을 위한 필수 과정이 되는 것이라고 할 수 있겠다. 쉰이라는 결코 적지 않은 나이의 나는 지독한 삶의 고난과 시련을 잘 넘어왔다. 웬만한 시련에는 *끄떡없을* 만큼의 탄탄한 마음 근육과 강한 정신도 준비됐다. 그래서 나는 알 수 있다. 나의 인생 후반전은 분명 찬란하게 빛날 거라는 것을….

내 삶은
흙 속의 진주였다

행복만 계속되는 삶이 없듯, 시련만 계속되는 삶 또한 없다. 인생에는 시련도, 행복도 질량보존의 법칙에 맞춰 존재한다. 어느 한쪽으로 기울지 않는다는 뜻이다. 행복과 시련이 주기적으로 반복해서 찾아온다. 그러므로 행복하다고 해서 세상 모든 것을 얻은 듯 자만할 필요가 없고, 시련이 닥쳤다고 해서 함부로 절망할 필요가 없다. 행복도 그 끝이 있고, 시련 또한 아무리 가혹해도 그 끝이 있다는 사실을 알아야 한다. 나는 이 말을 조금 다르게 해석해 본다. 행복의 순간이 찾아왔을 때는 다시 오지 않을 것처럼 기뻐하고, 그 감정을 기억해라. 그리고 시련의 순간이 찾아오면, 이 또한 지나갈 것을 알아차리고, 시련에 발목 잡혀 그 속에 머물지 마라.

제55회 백상예술대상에서 탤런트 김혜자 님의 수상소감으로 또 한 번 사람들에게 진한 울림을 주었던 드라마 〈눈이 부시게〉 속 명대사가 있다.

"눈이 부시게 오늘을 살아가세요. 눈이 부시게.

내 삶은 때론 불행했고, 때론 행복했습니다.

삶이 한낱 꿈에 불과하다지만, 그럼에도 살아서 좋았습니다.

새벽에 쨍한 차가운 공기,

꽃이 피기 전 부는 달큼한 바람,

해 질 무렵 우러나오는 노을의 냄새,

어느 한 가지 눈부시지 않은 날이 없었습니다.

지금 삶이 힘든 당신!

이 세상에 태어난 이상, 당신은 이 모든 걸 매일 누릴 자격이 있습니다.

대단하지 않은 하루가 지나고

또 별거 아닌 하루가 온다 해도

인생은 살 가치가 있습니다.

후회만 가득한 과거와 불안하기만 한 미래 때문에

지금을 망치지 마세요.

오늘을 살아가세요.

눈이 부시게!

당신은 그럴 자격이 있습니다.

누군가의 엄마였고, 누이였고, 딸이었고,

그리고 나였을 그대들에게⋯."

다시 반복해서 들어도 참으로 깊은 삶의 진리와 내공이 느껴지는 울림이 있는 말이다. 나는 이 말 속에서 가장 꽂히는 부분이 있다. "후회만 가득한 과거와 불안하기만 한 미래 때문에 지금을 망치지 마세요. 오늘을 살아가세요" 이 대목이다. 행복하면 행복한 대로 지금을 누리면 된다. 시련 때문에 불행하다고 느껴진다면, 반드시 그 뒤에는 행복이 따라오고 있음을 믿고 지혜롭게 넘어가면 된다. 잊지 말자! 계속되는 시련은 없다. 그러니 오지 않은 미래를 앞서서 걱정하고 불안해할 필요가 없다는 뜻이다.

내 삶을 돌이켜 보면, 걱정과 불안이 가득한 날들이 참 많았다. 걱정은 걱정하는 방법으로 더 빨리 현실로 다가온다는 것은 누구나 들어서 잘 아는 말일 것이다. 그랬다. 나는 차분히 계획하고, 철저히 준비하는 유비무환의 자세라고 생각했지만, 결국은 일어나지도 않은 미래를 불안해하고 불안에 대비해왔던 셈이다. 불안에 대비하니, 불안은 자신을 환영하는 것으로 착각하고 더 빨리 내게로 다가온 것일 게다. 준비하고 있으니, 준비된 자에게 찾아오는 것은 너무도 당연한 일이 아닌가….

이제는 유비무환(有備無患)을 유비유환(有備有患)으로 바꿔 써야 한다. 걱정을 계획하고, 대비하는 것보다는 차라리 현재를 즐기고, 미래에 펼쳐질 멋진 일들을 상상하는 것이 바람직한 일이라는 생각이다. 무비무환(無備無患)은 어떤가? 걱정을 준비하지 않으면, 걱정은 사라진다. 모든 생각은 깊이 생각하고, 자주 생각하는 쪽으로 흐르게 마련이다. 그리고 생각의 크기는 클수록 더 빠르게 끌어당겨진다. 유비무환으로 걱정거리에 대비할 수 있었다고, 안도하고 안심할 것이 아니다. 처음부터 걱정을 끌어당기지 않을 수도 있었음을 알아야 한다. 걱정을 대비해서 걱정을 끌어당기기보다는 이제부터 유비만복래(有備萬福來) 하는 것이 옳을 수도 있겠다.

유비만복래, 내가 만든 말이지만 너무 근사한 말이다. "만 가지 복이 올 것을 미리 준비하라"라는 뜻으로 만든 말이다. 걱정을 준비해 걱정을 끌어당기는 것보다, 만 가지 복이 올 것을 준비해 복을 끌어당기는 것이 훨씬 생산적이고 가치 있는 일이 아닐까 하는 생각에서 만들어 본 말이다. '생각대로 살지 않으면, 사는 대로 생각하게 된다'라는 명언이 있다. 이 말은 우리가 하는 모든 생각이 내 삶에 얼마나 커다란 영향력을 행사하는지를 대변해준다. 생각은 무의식 속에서 이루어진다. 무의식은 말과 행동으로 표현되고, 행동은 결과를 만든다. 결론적으로 말하자면, 좋은 결과를 얻고 싶다면, 좋은 생각이 먼저라는 뜻이 된다.

네빌 고다드(Neville Goddard)는 《상상의 힘》에서 이렇게 말한다.

"잠재의식에 부정적 암시가 새겨져 있다면 현실에서는 어떤 장애가 없는데도, 자신의 원 안에서 빠져나오지 못합니다. 그러면 변화하지 않는 현실을 보며 세상에 대한 원망만 더 키울지도 모릅니다."

이처럼 미래에 대한 걱정과 불안은 부정적 암시다. 현실에 나타나지도 않은 걱정거리를 미리 끌어오는 셈이 된다. 걱정거리가 현실이 되어 빠르게 나타나면, 대부분 사람은 생각해야 하는 타이밍에 후회와 반성 또는 원망을 하기 마련이다. 그리고 더 철저한 유비무환의 전략을 세우고 계획하게 될 것이다. 그렇게 부정적 암시는 꼬리에 꼬리를 물고 무한히 반복되는 것이다.

고다드는 유비무환을 반복하는 사람들을 일컬어 "몸을 열심히 혹사시켜 가면서 정신은 나태한 사람"이라고 표현했다. 그리고 "가장 먼저 열심히 해야 할 부분은 마음과 생각을 바꾸는 일"이라고 말했다. 그는 원망의 대상은 외부 세상이 아니라, 걱정을 키우고 끌어당긴 자신의 마음과 생각이어야 함을 말해줬다. 마음과 생각이 중요하다. 어떤 마음과 어떤 생각을 하는지가 미래에 반영된다는 것을 안다면, 내가 지금 해야 할 일이 무엇인지 답이 나온 셈이다. 현재 당신의 모습 또한 과거 당신의 마음과 생각이 만들어낸 것임을 알아야 한다.

지나온 과거는 바꿀 수 없다. 하지만, 현재로부터 미래로의 삶은 얼마든지 바꿀 수 있다. 답은 현재에 있다. 현재를 즐기고, 다가올 미래의 만 가지 복을 상상하며, 마음과 생각의 파이를 키워야 한다. 이것은 긍정적 사고이고, 미래에 대한 긍정적 암시다. 긍정적인 현재의 마음과 생각이 긍정적인 미래를 만든다는 사실이다. 현재 닥친 고난과 시련으로 힘든 삶을 살아가고 있는가? 그렇다면, 그것은 축복이다. 지독한 고난과 시련은 성공한 미래의 시그널이다. 더 많이 고통스러웠다면, 더 큰 성공으로 보답받게 될 것이다. 그러니 기억해라. 후회만 가득한 과거와 불안하기만 한 미래 때문에 현재를 망치는 일은 없어야 한다. 그렇기에 고난과 시련이 가득했던 내 삶 또한 고통이란 흙 속에서 빛나는 성공의 진주였음을 깨닫게 됐다.

늦었다고 생각했을 때,
정말 늦었더라

'나는 알았지. 오래 살다 보면 이런 날이 올 것이라는 걸(I knew if stayed around long enough, something like this would happen)'이라는 유명한 문구가 있다. 우리가 흔히 알고 있는 '우물쭈물하다가 내 이럴 줄 알았다'라는 말이다 (참고로 이는 오역된 문장이니 바로잡는다). 이는 아일랜드의 극작가 겸 소설가이자 비평가인 조지 버나드 쇼(George Bernard Shaw)의 묘비에 쓰여 있는 문구로, 많은 책이나 글에 인용되고 있는 명언이다. 이 명언은 삶에 관해 많은 생각을 하게 한다. 버나드 쇼는 생전에 노벨문학상까지 수상했을 정도로 자신의 분야에서는 최고이며, 성공한 삶을 살았다고 할 수 있다. 그럼에도 불구하고 그가 자신의 묘비명에 남긴 문구는 삶에 있어서는 결코 최고와 성공이 전부가 아니라는 사실을 반증해준 셈이다.

그가 삶을 정리하는 순간에 그에게 어떤 깨달음이 왔을까? 그것은 그가 남긴 또 다른 명언에서 해답을 찾을 수 있었다. 그의 명언 중에는 '모든 것을 용서받은 젊음은 스스로 아무것도 용서하지 않는다. 스스로 모든 것을 용서하는 노년기는 아무것도 용서받지 못한다'라는 말이 있다. 이 말의 의미를 가만히 들여다보면, 한 가지 중요한 사실을 알게 된다. 그것은 자신을 위한 도전과 실패 그리고 거기서 얻어야 할 경험과 지식을 말하는 것이다. 젊음은 실패를 두려워하지 말고, 자신의 행복과 가치를 위한 도전을 계속해 나가야 한다. 젊어서는 실패가 삶의 경험과 노하우가 되어준다는 사실을 모른 채 살아간다. 노년기는 살아온 삶에 대한 결과다. 열심히 달려왔고 더 이상의 도전이 무모한 것이라고 생각할 테지만, 결국 삶의 결과에 대한 책임을 져야 하고 평가를 받게 된다.

바꿔 말하면 '젊음은 스스로 무엇이든 용서해야 한다. 노년기는 스스로 아무것도 용서하지 말아야 한다'라는 뜻이 된다. 타인의 기준으로 평가하는 성공과 가치가 전부는 아니라는 말일 것이다. 가장 중요한 것은 내가 세운 삶의 목표가 진정 내가 원하는 것이었는지, 그것이 나를 행복하게 만들어주었는지 깊이 생각해봐야 한다는 내용으로 해석하고 싶다. 버나드 쇼, 그 역시도 목표를 이룰 때까지 자기 몸을 채찍질해가며 마음의 소리에는 귀를 닫았을 것이다. 노년기에 접어들고 삶을 정리하는 시점에서 몸은 더 이상 의지대로 움직여주지 않는다. 그 또한 생의 마지막 순간이 되어서야 마음의 소리에 귀를 열어준 것일 게다. 그때는 마음은 굴뚝같으나 몸이 마음을 거부한다.

살면서 가장 중요한 것은 마음의 소리에 귀를 기울여야 한다는 사실이다. 사람은 몸과 마음이 별개일 수 없다. 그 모두가 '나'이기 때문이다. 현생을 사는 동안 육신인 몸을 이롭게 하는 것도 나의 의무다. 건강한 육체에 건강한 정신이 깃든다는 말처럼 어느 하나 치우쳐서는 안 된다. 그러니 몸이 건강할 때 마음이 원하는 것에 도전해야 한다. 도전과 실패를 거듭하며, 삶이 주는 경험과 지혜를 저축해 아름다운 노년기를 맞이해야 할 것이다. 그래야 후회가 없는 삶이 된다. 나를 행복하게 하고, 이롭게 하는 삶에 나중이란 없다. 내 마음이 원하는 것을 떠올렸다면 바로 행동해야 한다. 그렇게 산다면 적어도 나의 묘비를 '나는 알았지…'라는 문구로 시작하지는 않아도 될 것이다.

작가가 되기로 결심하고, 책 쓰기를 시작하면서 제일 후회가 됐던 것은 쉰이 훌쩍 넘어버린 내 나이였다. 나의 버킷리스트에 빠지지 않고 들어가는 일이 내 이름으로 된 책을 출간하는 것이었다. 책 쓰기는 오래도록 버킷리스트를 지키는 한 줄에 지나지 않았던 것 같다. 어떤 방법으로 어떻게 책을 써야 하는지도 몰랐고, 책이란, 성공한 사람이나 특별한 사람만 쓸 수 있는 것이라고 생각했다. 나의 생각대로라면 책 쓰기보다는 성공이 우선이었던 셈이다. 성공해야 성공 스토리를 책으로 쓸 수 있는 것이라는 생각이었다. 그렇게 막연히 꿈으로만 생각했던 책 쓰기를 시작하게 된 것은 정말 놀라운 끌림이었다.

유튜브의 알고리즘을 통해서 〈라엘-영성 마음성장〉 채널을 보게 됐다.

그의 이야기는 약간의 불편함과 동시에 강한 인상을 줬다. 그중 제일 강하게 남았던 말이 바로 "성공해서 책을 쓰는 것이 아니라, 책을 써서 성공하는 것이다!"라는 말이었다. 지금까지 내가 생각했던 것과는 반대의 이야기다. 성공해서 성공 스토리를 책으로 출간하는 것이 아니라, 책을 써서 성공한다니. 나는 몹시 궁금해졌다. 그래서 그를 만나 직접 그 뜻이 무엇인지 들어보고 싶었다. 나는 한책협을 찾아갔고, 영상 속의 그를 만나게 됐다. 지금 생각해 보면, 이 모든 것은 끌어당김이 아니었을까 하는 생각이다.

나는 막연하지만, 늘 작가를 꿈꾸고 있었다. 작가로 불리는 내 모습을 상상할 때면 마치 작가가 된 것처럼 기분이 좋아지곤 했다. 그래서였을까? 꿈의 내비게이션은 한책협으로 나를 이끌었고, 김도사 그는 나를 한눈에 알아봤다. 그에 의해 막연했던 내 꿈이 길을 찾고 현실로 나오게 된 셈이다. 그리고 알게 됐다. "성공해서 책을 쓰는 것이 아니라, 책을 써서 성공하는 것이다!"라는 말의 의미가 무엇이었는지를…. 그는 나의 삶이 책 쓰기의 충분한 재료가 될 수 있음을 알게 해줬다. 굽이굽이 시련 가득했던 내 삶이 책이 될 수 있다는 사실에 조금은 의아했고, 또 조금은 민망했다.

그의 논리는 명확하고, 간단했다. 세상 모든 사람은 모두가 각기 다른 삶을 살아간다. 고난과 시련의 종류와 시기도 다를 것이다. 내가 넘어온 고난과 시련의 이야기는 책이 되어, 삶이 힘든 누군가에게 용기와 힘이 되어줄 수도 있다는 것이다. 이는 내 이야기로 누군가를 구할 수도 있다는 말이 된다. 그의 명쾌함과 직관은 나를 작가로 만들었다. 성공의 기준 또한 재정립하게 만들어줬다. 성공이란 단순히 부와 명예를 쌓아가는 것이 전부가 아니라는 것도 알게 됐다. 성공은 부와 명예를 이루고 그것을 세상에 내주는 선한 영향력의 실천까지임을 알게 됐다. 책을 써서 성공한다는 것은 부와 명예 그리고 선한 영향력을 실천하는 것까지, 한 번에 빠르게 이룰 수 있는 정말 멋지고 가치 있는 것임을 깨닫게 됐다.

사람은 가슴 뛰는 일을 하며 살아야 한다. 대부분 사람은 이 사실을 머리로는 이해하면서도 현실에 발목 잡혀 꿈을 포기한 채 살아간다. 심지어 이것이 내가 원하는 삶이며 이루고자 했던 목표였다고 마음을 속이고 뇌를 속여가며 살아간다. 그렇게 몸을 혹사하며 앞만 보고 살아온 결과로 부를 이룰 수는 있다. 하지만 그것만으로 완전한 성공이라고 말할 수는 없다. 삶에서 얻은 지식과 경험 그리고 노하우를 나누고 사회로부터 얻은 것들을 다시 환원해야 진정 성공한 삶이 된다. 그것이 선한 영향력이다. 가슴 뛰는 일을 하면서, 부와 성공을 이루고 그것을 다시 사회로 환원하는 멋진 삶! 이것이야말로 삶의 핵심 가치가 아닐까? 생의 마지막 순간, 버나드 쇼는 이것을 깨닫게 된 게 아닐까 싶다.

나는 책을 쓰고, 작가가 됐다. 누군가는 삶을 포기하고 싶은 순간, 나의 책을 통해 살아갈 용기와 힘을 얻고, 또 누군가에게는 나의 책이 그들이 겪고 있을 시련의 지침서가 되어줄 것이다. 이것이야말로 진정한 선한 영향력이 아닐까? 쉰이 넘은 나이에 나는 나의 꿈에 도전했다. 젊은 작가들을 볼 때마다 가장 많이 드는 생각은 지나온 시간이 너무 아깝다는 생각이다. 좀 더 일찍 꿈을 향해 도전했더라면, 빠르게 성장하고 성공하지 않았을까 하는 생각이 든다. 하지만, 괜찮다. 적어도 나에게는 버나드 쇼와 같은 후회는 없을 것이 아닌가. 나는 나를 위로해 본다. '나는 삶의 경험과 지식과 노하우가 가득한 책 쓰기에 딱! 좋은 나이다!'라고…. 그리고 이 책을 읽고 있는 모든 젊은 분들에게 말한다.

"우물쭈물하지 마라! 더 빨리 도전하고, 더 크게 실패해라! 늦었다고 생각했을 때, 정말 늦었더라."

돈과 친해지고 싶었다

"돈을 애인 다루듯 해라"라는 누군가의 말이 생각났다. 이 말은 곧 돈을 사랑하는 사람을 대하듯 소중하고 조심스럽게 진심으로 대하라는 뜻이다. 사랑하는 사람을 떠올려 보자. 그 사람을 어떻게 대했는지 생각해 보면, 이 말의 의미가 한 번에 이해될 것이다. 사랑하는 사람에게는 조심스럽고 부드럽게 말한다. 그의 의견을 존중하고, 배려한다. 가고 싶은 곳에 데려갈 것이고, 하고 싶어 하는 것을 하게 해줄 것이다. 항상 곁에 두고 싶을 것이고, 그를 떠올리는 것만으로도 행복해질 것이다. 수많은 사람 중에 나를 선택해준 것에 대해 매일 감동과 감사를 외치게 될 것이다.

돈 역시 마찬가지다. 돈은 자신을 사랑해주고, 존중해주는 사람과 함께하고 싶어 한다. 이것을 돈 대접이라고 말하는 사람도 있다. 돈은 조심스럽게 대해주고, 환영해주는 사람 곁에 있고 싶어 하고 떠나고 싶어 하지 않는다. 돈은 지갑 속에 꼭꼭 숨겨져 있는 것을 좋아하지 않는다. 자유롭게 가치에 따라 쓰이길 원하고, 여행을 좋아한다. 돈이 자유롭게 날아간다고 해도 내가 돈을 사랑하고, 돈도 나를 사랑한다고 믿는다면 많은 친구를 데리고 나에게로 돌아올 것이다. 이것이 돈의 속성이고, 원리다. 부자를 욕하면서 부자가 될 수 없다. 돈도 마찬가지다. 돈에 막말하고 돈을 저주한다면, 결코 돈과 친해질 수 없다.

사람들은 자신의 가난을 돈 탓으로 돌린다. 가난은 질병이라고 했다. 돈의 질병이 아니라 자신의 질병이다. 자신이 가난한 것은 돈 때문이 아니라 가난이라는 질병에 걸렸기 때문이다. 돈 탓을 하면서 돈과 친해질 수는 없다. 돈과 친해지고 싶다면 돈과의 관계를 잘 형성해야 한다. 돈이 어떤 사람을 좋아하는지, 어떤 사람에게 오래도록 머물고 싶어 하는지 생각하고 연습해야 한다. 그렇다면, 당장 해야 할 것은 돈을 탓하지 말고, 돈을 대하는 마음과 태도부터 점검해 봐야 한다. 돈을 떠올렸을 때 정말 기쁘고, 고맙고, 감동스러운지…. 자신의 감정을 체크하고 과감히 바꿔야 한다. 다시 한번 강조한다. 가난은 돈 때문이 아니라, 돈에 손절 당한 나 자신 때문이다.

돈과 친해지고 싶고 부자로 살고 싶다면, 사람들은 그에 대해 잘 알려진 방법 중에서 자신이 잘 할 수 있는 방법을 선택해서 돈을 모으는 데 집중할 것이다. 중요한 것은 돈을 모으는 데 필요한 마인드와 기법, 그리고 기술을 반드시 학습해야 한다는 것이다. 또한 돈을 다스리고 통제하며 지휘하는 데 필요한 기법과 기술에도 순서가 있다는 것을 알아야 한다.

먼저 마인드의 변화에 대한 기법을 정하고, 기술을 익혀야 한다. 이렇게 마음을 다해서 돈을 대한다면, 돈은 어떠한 방법으로든 응답할 것이다.

세상은 여러 가지 질서와 법칙의 지배를 받는다. 그러므로 우연히 일어나는 일은 아무것도 없다. 돈에게 사랑받는 기법과 기술에는 다양한 접근 방법이 있다. 이것은 단순히 돈에 대한 목표를 설정하고 매일 확언하고 필사하는 데 한정되지 않는다. 중요한 것은 그것에 앞서 반드시 해야 할 것들이 있다는 것이다. 돈에 대한 목표와 확언과 필사는 명확한 목표설정을 해놓는 것에 지나지 않는다. 이것은 바라는 것을 옮겨 놓은 소망의 단계라고 볼 수 있다. 다음 단계는 잠재의식에 돈에 대한 소망을 그리는 것이다. 이를테면 마음의 설계자가 되는 셈이다. 돈과 사랑에 빠지고 싶다면, 가장 먼저 돈이 안전하게 머물 수 있도록 마음의 설계부터 점검해 보아야 할 것이다.

잠재의식에 돈에 대한 소망을 디자인하는 것에 앞서, 튼튼한 마음의 설계가 우선되어야 한다. 설계가 끝난 후에도 완성의 단계에 이르기까지 꼼꼼히 체크하고 점검해가며, 돈이 오래도록 머물 수 있는 안전하고 안정된 집을 마련해야 한다. 건축에서도 사용한 자재의 질에 따라 집의 견고함이 달라진다. 안정된 집에서는 더 오래 머무르고 싶은 것처럼 돈 또한 마찬가지다. 돈을 생각하는 마음의 안정성과 잠재의식의 기법과 기술에 따라 돈은 오래도록 함께할 수 있는 좋은 기회를 마련해줄 것이다. 오히려 돈이 떠나고 싶어 하지 않을 것이며, 친구들도 데려와 오래도록 머물고 싶어할 것이다. 마음의 설계와 잠재의식의 디자인에 걱정과 불안, 부족과 같은 부실한 재료들을 사용해서는 안 된다. 부정적 패턴이 가득하거나, 돈에 대한 저주, 부자에 대한 불편함으로 집을 짓는다면, 그것은 부실공사나 다름없다. 매 순간 좋은 재료가 될 긍정적인 사고와 생각의 패턴으로 집을 짓는다면, 돈은 자연스럽게 그 집에 머물게 될 것이다.

마음의 집을 완성했다면, 다음 단계는 돈을 부르는 긍정적인 말과 행동이다. 우리가 떠올리는 말과 행동은 돈이 머물 집의 청사진이다. 이를테면 모델하우스와 같다. 마음의 설계와 잠재의식의 디자인으로 지어진 집은 생각만으로도 행복감을 줄 것이다. 행복은 좋은 아이디어를 만들게 하고, 돈과 함께 살아갈 삶의 질을 높여줄 것이다. 더 큰돈을 끌어당기고 싶다면, 더 큰 집을 설계하고 지어야 한다. 이것은 성장이고, 성공이다. 돈과 친해지기 시작하면, 더 큰돈과 친해지고 싶어지는 것이 인지상정이다. 이것이 바로 돈에 대한 욕망은 한계가 없음을 드러내는 것이다.

지금부터 우리가 해야 할 일은 먼저 마음의 집을 지을 좋은 재료를 확보하는 일이다. 가난의 질병에서 벗어나, 긍정적 사고와 돈에 대한 사랑과 감사의 말로 양질의 재료를 만들어가야 한다. 더 크고 더 넓은 집을 짓고 싶다면, 무엇보다 강하고 좋은 재료를 확보해야 한다. 그것은 나눔, 베풂, 선한 영향력 등과 같은 고급 재료들을 말한다. 돈에 대한 감사와 사랑의 말은 보이지 않지만, 엄청난 힘을 가지고 있다. 말은 에너지이고, 파동이다. 좋은 집을 지었더라도, 부정적인 생각과 말은 그것을 단번에 무너뜨릴 수도 있다. 부정은 파괴의 에너지이며 그 힘은 생각보다 강하다. 돈이 머무를 좋은 집을 오래도록 지키는 방법 중 하나는 행복과 감사의 긍정적 에너지를 유지하는 것이고, 그것을 유지하기 위해 긍정을 습관화, 체질화 하는 것일 게다.

돈과 친해지고 싶어서 돈을 좇아 살았다. 이것은 짝사랑과 같은 맥락 이다. 나는 돈을 사랑했지만, 돈은 나를 불편해했던 것 같다. 돈에 대한 내 마음만 중요했던 것이다. 돈이 나를 사랑할 수 있도록 스스로 변화하는 것이 우선임을 미처 깨닫지 못했다. 간절히 원해도 오지 않는 돈을 원망했 고, 돈 탓, 세상 탓을 했다. 돈에 대한 나의 사랑은 집착에 가까웠을 것이 다. 사랑하는 사이에 집착은 옳지 않다. 집착은 결핍의 또 다른 이름이다. 나는 간절함을 포장한 집착과 결핍의 마음으로 돈을 대했다. 그러니 돈은 진심으로 사랑을 주고, 자유롭게 해주는 쪽으로 흘러가는 것이 너무도 당 연한 이치인 셈이다.

돈과 친해지고 싶다면, 상상해라. 돈과 함께 무엇을 하고 싶은지, 돈과 함께할 때 얼마나 행복감을 느끼는지 그것만 생각해라. 그리고 돈이 주는 행복과 안락함에 감사해라. 돈은 감정을 읽는다. 행복과 감사의 긍정적 에너지가 느껴지면, 돈은 그곳이 자신이 머물 곳이라 생각하고 기쁘게 와 줄 것이다. 돈과 오래도록 친하게 지내고 싶은가? 그렇다면, 돈이 주는 행 복감과 감사함 속에서 매일을 살아라. 그렇게 쌓인 매일매일이 부와 성공 의 삶으로 당신을 이끌어줄 것이다.

돈에도 인격이 있다

'돈에도 인격이 있다'라는 말을 종종 들을 때가 있다. 돈은 사람이 아니므로 '돈격'이라 해야 하지 않을까 하는 생각이 들겠지만, 나는 돈에도 인격이라는 단어를 붙이는 것이 맞는다는 생각이다. 돈을 단순히 물건을 사고팔 때 그것의 가치를 평가해 주고받는 수단으로 생각할 수 있겠지만, 돈의 쓰임을 조금 깊게 생각해 보면 단순히 돈의 쓰임이 상거래를 위한 것만이 아님을 알 수 있다. 돈은 고마움의 표현이 되기도 하고, 위로의 마음이 되기도 하며, 지적 가치를 대변해주는 것이기도 하다. 그렇다면 이때의 돈은 사람의 됨됨이와 인격 또는 그 사람의 그릇을 대변해주는 수단이므로, 자본주의 사회에서는 돈이 곧 인격이 될 수도 있다는 것을 증명해주는 셈이다.

그러면 돈이 없는 사람은 인격도 없는 것일까? 반드시 그렇지는 않다.

돈이 사람의 인격을 대변해주는 수단인 것은 분명하지만, 그렇다고 돈이 인격의 전부라고 할 수는 없다. 이것은 돈의 많고, 적음이 인격을 판가름하는 기준은 아니라는 뜻이다. 아무리 돈이 많아도 쓰임과 흐름을 알지 못하고 인색하기만 한 사람이라면 그 사람의 인격은 저평가된다. 또한 가진 돈이 많지 않아도 쓰임과 흐름을 이해하고 나누고 베풀 줄 아는 사람이라면 돈의 많고 적음과 상관없이 그 사람의 인격은 좋게 평가될 것이다. 정리해 말하자면, 돈은 쓰임과 흐름을 이해하고 나눔과 베풂을 행할 줄 아는 사람에게는 인격으로 표현될 수 있다는 뜻이 되는 셈이다.

인격으로 대변되는 돈은 특이한 속성이 있다. 돈은 자유롭고 편한 곳으로 흐른다는 점이다. 이것이 '돈이 돈을 부른다'라는 말이 나오게 된 이유일 것이다. 돈이 부족하다는 결핍을 느끼면, 대부분 사람은 '절약'을 떠올리게 된다. 그것은 돈을 통제하는 가장 쉬운 방법이 절약이기 때문일 것이다. 하지만 지나친 절약은 운을 고립시킨다. 이것은 돈의 흐름을 방해하는 악수가 될 수 있음을 알아야 한다. 돈의 흐름을 파악해서 과다한 지출을 방지해보자는 의미에서의 절약은 '근검절약'으로써 바람직하다. 하지만 모든 생활을 절약에 집중하게 되면, 마음이 쪼그라들고 인색해지기 쉽다.

결핍에 의한 절약이 삶에 습관처럼 배어 나오면, 삶은 결핍의 악순환이 되기 쉽다. 우리 대부분의 생활은 돈에 의존되어 있고, 돈은 인연을 유지하고 마음을 표현하는 수단으로도 쓰이며, 인격을 대변해주는 것이기도 하므로, 무조건적인 절약은 오히려 운을 고립시키고 가난을 부르는 나쁜 습관이 될 수 있다. 절약은 내 의지로 시작했지만, 인색은 결핍이 주는 환경으로 인해 생겨난다. 마음에서 시작된 '근검절약'은 선순환이지만, 숫자에서 시작된 인색은 악순환임을 말하는 것이다. 절약이 마음에 행복감을 주지 못하고, 오히려 결핍으로 인한 마음의 위축이 일어난다면, 안 쓰고 안 입고 안 사고 안 버리는 일상으로 돈을 모을 수 있다는 생각은 버려야 할 것이다. 그것은 결핍으로 가난의 벽을 높이는 행위가 되기 때문이다.

내가 가진 돈보다 소비하고자 하는 것이 클 때, 두 가지 생각을 하게 된다. 첫 번째는 더 아끼고 모아서 원하는 것을 사는 것, 두 번째는 소비하고 싶은 것을 얻기 위해 더 버는 계획을 세운다는 생각이다. 부자들은 대부분 두 번째 방법을 선택한다. 돈을 절약해서 모으는 것보다는 돈을 더 버는 것에 집중한다는 뜻이다. 부자가 되고픈 꿈을 꾸는 사람이라면, 반드시 참고해야 할 내용이다. 돈이 필요하다 생각될 때는 절약을 해야 하는 순간이 아니라 수입을 늘려야 하는 순간임을 알아차려야 한다. 이것이 '부자가 되려면, 부자의 마인드로 부자처럼 행동해야 한다'라는 말의 가장 기본이 되는 내용이 아닐까 싶다. 돈은 순환이며, 돌아오는 것이다. 그래서 '돈'이라고 부른다. 부자에게 절약은 필수가 아니라 선택이다. 만족스럽고 행복한 소비를 하고 절약까지 선택할 수 있다면, 얼마나 행복하고 가치 있는 삶이 될 것인가?

아낄 것인가, 더 벌 것인가에 대한 선택은 바로 나 자신의 몫이다. 여기서 중요한 것은 나의 마음이다. 어느 쪽을 선택했을 때, 나의 마음이 움직이는가를 알아야 한다. 절약을 생각했을 때, 마음이 불편하고 심리적 위축이 일어난다면 그것은 결핍이다. 결핍은 결핍을 부르고, 우주는 결핍의 마음을 읽는다. 우리가 결핍을 좋아하는 줄 알고 계속해서 결핍의 상황을 만들어낸다. 우주는 마음이 없다. 결핍을 떠올리고 주문했으니 계속해서 주문된 것들이 나오는 것은 당연한 원리다. 그렇다면 우리가 해야 할 것이 무엇인지 답이 나온다. 바로 올바른 주문이다. 결핍의 마음이 아닌, 부와 풍요를 주문해라. 행복을 주문하고, 돈과 함께 있을 때의 감정을 주문해라. 이것이 전부이자 답이 될 수 있다.

돈을 사랑하는 사람처럼 대해야 한다. 함께 있을 때 고마움을 알고, 나누었을 때 벅찬 감동과 따뜻함을 느껴보자. 돈은 자신의 가치를 알고, 사랑해주는 사람에게 있고 싶어 한다. 또한 돈은 자신의 가치를 인정받고 싶어 한다. 그것이 돈의 마음이다. 돈은 분에 넘치는 소비로 인한 과도한 움직임을 원치 않는다. 그렇다고 비좁은 마음과 지갑 속에서 잠들어 있기만을 원하는 것은 더더욱 아니다. 돈은 순환을 원하고, 여행을 좋아한다. 행복한 마음으로 돈을 보내고, 감사한 마음으로 여유롭게 기다려라. 돈은 예상치 못한 순간에, 예상치 못한 방법으로 내가 원한 것과 미처 원하지 못했던 것, 그 이상의 것으로 돌아온다.

돈은 가치를 표현하는 유형의 수단이다. 그리고 돈은 때로는 지식과 정보, 깨달음의 가치와 배움, 그리고 배려의 마음, 사랑을 표현하는 수단이 되어주기도 한다. 돈은 나를 이롭게 하는 수단이기도 하지만, 흐르고 넘쳐 상대를 이롭게 하는 수단이 되어주기도 한다. 이것이 돈의 선순환이며, 돈의 인격이 되는 셈이다. 선순환은 선순환을 연결한다. 돈은 인격적으로 대해주는 사람에게 친구까지 데리고 온다. 이것은 돈의 결속력이다. 돈에는 독특한 자성이 있다. 이것을 사람들은 '머니 마그넷'이라 부르고, 자신의 체질을 돈을 끌어당기는 체질로 만들기 위해 노력한다.

돈의 흐름과 속성을 파악하기 전에 먼저 해야 할 것은, 돈에 대한 자신의 마음과 생각을 파악하는 일이다. 결핍의 마음이 생기면, 생각과 마음을 돌려세워 갖고 싶은 것을 가졌을 때의 상황으로 보내라. 그리고 기쁨과 행복감을 만끽해라. 내 돈이 가치 있게 쓰이는 장면들을 상상해라. 사랑하는 사람들과 나누고, 그들에게 선한 영향력이 되어줄 나의 돈을 칭찬해라. 함께해준 고마움과 감사함도 표현해라. 우주는 당신의 감정을 듣는다. 돈 또한 당신의 감정을 듣는다. 갖고 싶은 것보다 주고 싶은 것을 상상하면 더 빨리 달려온다. 돈은 여행을 좋아하기 때문이다. 돈은 가치를 인정받고 싶어 한다. 돈의 마음을 이해할 필요가 있다. 그러면 돈이 빠르게 오게 하는 방법이 무엇인지 알게 될 것이다.

돈이 내게 빠르게 오지 않는다고 결코 좌절하거나 실망하지 마라. 당신이 주문했다면, 우주는 반드시 가져다준다. 그저 때와 방법을 알 수 없을 뿐이다. 그것은 우주와 신의 영역이다. 순서에 맞춰 가장 좋은 때에 가장 좋은 방법으로 내게 가져다줄 것임을 믿어야 한다. 내가 해야 할 것은 애피타이저를 즐기는 일이다. 메인 요리가 가져다줄 만족감과 행복함을 상상하며 천천히 기다리면 된다. 조급해하지 말고, 모든 것을 즐겨라. 모든 순간이 다 거쳐야 하는 과정임을 알고, 여유롭게 오늘을 살아라. 행복이 충만한 마음속으로 훌륭한 메인 요리가 배달될 것이다.

단, 주의해야 할 것이 있다. 돈가스를 주문하고, 백반 먹는 상상은 금물이다! 주문 오류로 시간이 오래 걸리거나 안 나올 수도 있다.

5장

나는 오늘도
한 뼘 더 성장했다

행복해질 권리가
충분하다

행복만 계속되는 삶이 없듯이 시련만 가득한 삶도 없다. 삶을 살아가다 보면, 어느 순간에 그러한 사실을 저절로 알게 될 때가 온다. 내 삶을 돌아볼 때, 아홉수의 저주라고 생각할 만큼 많은 시련이 있었다. '나에게 왜 이런 많은 시련이 찾아온 것일까?'라는 생각을 꺼내 볼 여유조차 없을 만큼 시련을 넘고 살아가기에도 고단하고 바쁜 삶이었다. 때로는 팔자 탓을 하기도 했고, 또 때로는 세상 탓, 부모 탓을 하며 온갖 피해의식으로 부정 가득한 삶을 살았다고 해도 모자랄 것이다. 그런 나에게 한 줄기 빛과 같은 짧고 굵은 메시지가 있었다.

"지독한 고난과 시련은 삶의 축복이다."

이 메시지를 처음 접했을 때, 상당한 부담과 저항이 있었다. 그것은 '고난과 시련이 어떻게 축복이 될 수 있겠는가?'라는 일차원적이고 부정적인 생각이 먼저 떠올랐기 때문이다. 고난과 시련은 내게는 고통과 힘듦, 그 이상도 이하도 아니었다. 반복적으로 자문해 보기도 했지만, 부정적 마음만 가득했던 나로서는 내 모든 불행의 책임을 전가할 어떤 것이 절실히 필요했을 것이다. 그것이 가장 쉬운 방법이었으리라. 닥쳐온 모든 고난과 시련의 무게중심을 나 자신에게 두고 생각한다는 것은 힘든 삶의 무게를 더욱 가중시키는 것이라는 생각 때문이었을 것이다. 가장 쉽게 선택할 수 있는 방법이 내 불행의 모든 책임을 외부로 전가하는 것이었을 게다.

고난과 시련이 주는 무게감으로 내 삶의 전반전은 암울하기만 한 흙빛이라 생각했었다. 참 바보 같은 생각이었다. 분명 내게도 삶을 살아가는데 힘과 용기가 되어준 행복했던 순간들이 있었을 것이다. 그럼에도 불구하고 나는 비련의 여주인공인 양, 생각이 온통 고난과 시련에 묶여 있었다. 삶이 주는 행복과 지혜가 있었음에도 최선을 다해 그것을 부정했고, 생각의 틀 안에 갇혀 자신을 외면하기 바빴다. 두려움 때문이었을 것이다. 반복되는 시련을 감당할 용기와 실패를 인정할 용기가 없었던 게 아닐까 싶다. 그러면서도 끊임없이 행복을 원하고 바랐다.

피해 의식과 부정적 생각으로 가득 차 있으면서, 행복을 꿈꾸고 행복해지길 원한다는 것은 우물에서 숭늉을 찾는 것과 같다. 차라리 또 다른 시련을 찾아내는 것이 훨씬 수월한 일이었을 것이다. 부정적인 생각은 부정적인 일을 더 빨리 끌어당긴다. 이것이 끌어당김의 원리다. 말로는 행복한 삶을 이야기하면서, 마음은 온통 시련이 가져다줄 실패와 두려움으로 가득했던 게 나의 모습이 아니었을까. 행복한 삶을 엄청나고 대단한 것으로 막연하게 인식하고 있었던 것일 게다. 행복을 멀리에서 찾으니, 가까이에서 힘과 위안이 되어줬던 행복들조차 떠나버리는 것은 당연한 일이었을 것이다. 행복이 내게 없었던 게 아니라, 내가 소소한 행복을 알아봐주지 못한 결과라고 할 수 있겠다.

나는 내 삶을 아홉수의 저주라고 표현할 만큼 고통과 상실에만 집중했다. 행복한 삶을 꿈꾸면서도, 생각은 온통 더 이상 고난과 시련을 겪고 싶지 않다는 것에 고착되어 있었던 것이다. 행복에 관한 생각의 전환이 필요했다. 나는 행복에 대한 상상과 행복해지겠다는 긍정적 마음과 결단이 필요했음을 알지 못했기에 반복적으로 시련을 끌어당기면서 행복은 멀리 보내고, 시련은 목전으로 끌어온 셈이다. 작은 경험에서 찾을 수 있는 소소한 행복과 감사함이 쌓여 커다란 행복으로 이어질 수 있음을 놓치고 있었다. 시련이 또 다른 시련을 불러오듯, 행복도 또 다른 행복을 불러올 수 있다는 간단한 원리를 이해하지 못했다. 행복을 너무 멀리서만 찾았던 게 아닐까 싶다.

행복은 감사함으로 시작된다. 오늘 하루 살아 있음에 감사하다. 먹고 마시고 숨 쉴 수 있음에도 감사하다. 오늘 처음 만나는 공기와 햇살 그리고 마음까지 따뜻하게 해주는 향이 좋은 커피 한 잔에도 행복과 감사함이 있다. 책 속에서 얻게 된 한 줄의 메시지와 깨달음에 감사하고, 나의 영혼을 담아주고 반백의 삶을 함께해준 내 몸에도 감사하다. 인생의 소소한 행복은 어디에서든 찾을 수 있다. 삶이 고난과 시련의 고통에 집중하고 있을 때도 행복은 소소하게 나를 지키고 위로하고 있었던 것이다.

행복은 감사로 오기도 하지만, 행복해지겠다고 결단하고 노력해야 온다. 행복도 노력에 의해서 더 많이, 더 크게 얻을 수 있다는 뜻이다. 내가 지구별에 온 이유는 단순히 시련만을 겪기 위함은 아닐 것이다. 시련을 통해 경험과 지식과 깨달음을 얻는 것을 넘어, 행복한 삶을 누려야 한다. 이것이 진정한 삶의 완성이다. 삶에서 얻은 경험과 지식과 노하우를 나누어 줄 수 있다면, 조금 더 높은 차원의 행복을 얻을 수 있게 될 것이다. 행복의 주체는 나 자신으로 시작하지만, 나누고 베푸는 행복감이 훨씬 더 가치 있는 것임을 알게 될 것이다.

살다 보면 같은 지점에서 반복해서 넘어질 때가 있다. 이것은 비슷한 패턴의 시련이 반복적으로 일어남을 말하는 것이다. 시련이 주는 의미와 깨달음을 알아차리지 못한다면, 시련은 반복해서 더 크고, 더 가혹하게 찾아오기도 한다. 그럴 때는 같은 패턴으로 행동하거나 피해갈 생각을 해서는 안 된다. 반복에는 숨겨진 의미가 있다. 지금까지 생각과 태도의 방식이 옳지 않았음을 알아차려야 한다. 과거의 습관과 태도를 과감히 버리고, 시련이 주는 의미와 지혜에 집중해야 한다. 좌절하지 말고 다시 일어서야 한다. 실패가 있기에 성공이 있는 것처럼 시련의 고통이 클수록 행복은 더 크고 더 값지게 다가올 것이기 때문이다.

모든 것을 다 가지고도 불행하다고 생각하는 사람과 적게 가졌어도 행복하다고 생각하는 사람이 있다면 어느 쪽을 선택할 것인가? 나는 단연코 후자를 선택할 것이다. 불행한 마음으로는 가진 것을 지키기도 어려울 수 있다. 반면 마음이 행복한 사람은 긍정적 에너지를 끌어당기게 될 것이고, 마침내 원하는 것을 이루게 될 것이기 때문이다. 행복의 기준이 무엇인지도 생각해 봐야 할 것이다. 행복의 기준을 외부에 두면 그것이 오히려 불행의 시작이 될 수 있다. 행복은 상대적 감정이 아님을 알아야 한다. 행복은 나의 내면으로부터 나오는 것이고, 절대적 감정이다. 불어오는 바람에도 행복감을 느끼는 사람이 있는가 하면, 꽃을 봐도 아무런 감정이 들지 않는 사람도 있다는 사실과 같다.

시련이 주는 고통의 무게가 컸다면, 앞으로의 삶을 기대해도 좋다. 이는 고통의 무게만큼 커다란 행복이 찾아오고 있음을 알려주는 시그널이다. 지나간 삶에 대한 후회와 미련은 시련의 발목을 잡아놓는 것과 다를 바 없다. 우리는 현재와 미래의 삶에만 집중하면 된다. 나의 현재는 과거의 삶을 반영한다. 그것은 나의 현재가 미래의 삶을 결정한다는 뜻이 되기도 한다. 나는 내 삶이 고난과 시련만 가득했던 삶이라 생각하며 고통과 두려움 속에서 살았다. 행복을 말하면서도, 내면에는 미래에 관한 불안함이 가득했다. 고난과 시련 속에서도 소소한 행복이 매일 있었음에도 그것이 주는 기쁨과 감사함을 미처 깨닫지 못한 채 살아왔다.

행복을 원하면서도, 행복한 상상과 생각을 하기보다는 불안을 떨쳐

버리는 데 애쓰며 살았던 것 같다. 나는 고난과 시련 가득한 인생 전반전을 살았다. 실패의 경험으로 삶의 지혜도 얻게 됐다. 반복되는 시련의 의미 또한 깨닫게 됐다. 이제는 시련이 또다시 나를 찾아온다고 해도 기쁘게 맞이할 것이다. 시련은 내게 커다란 기회와 행복이 몰려올 시그널임을 알고 있기 때문이다. 지독한 고난과 시련은 삶의 축복이라는 말의 의미도 깨닫게 됐다. 나는 내 인생 후반전에 분명, 부와 행복이 연속될 것임을 알고 있다. 나는 살아 있고 특별한 존재이며 행복해질 권리가 충분하기 때문이다.

소소한 행복을
차곡차곡 쌓아가다

행복을 꿈꾸며 사는 것은 누구에게나 아주 당연한 일이다. 아마도 행복의 크기와 내용이 다를 뿐, 행복을 꿈꾸지 않는 사람은 없다는 것이 맞을 것이다. 행복이라는 말을 떠올리면 나는 제일 먼저 떠오르는 장면과 사람이 있다. 생각만으로도 금세 마음이 따뜻해지고, 내 얼굴에 미소를 만들어내는 그런 풍경과 사람이 있다. 그것은 바로 지중해의 에메랄드빛 멋진 바다와 바람, 그리고 해변을 걷고 있는 내 모습이다. 그곳에서 나는 가족과 함께 있다. 아들이 내려주는 향이 좋은 커피를 마시며, 책을 읽는 내 모습도 보인다. 모든 것이 평화롭고 완벽한 그런 날. 나는 행복을 떠올릴 때마다 지중해의 바다로 나를 데려간다.

그곳을 언제 어떤 방식으로 갈까에 대한 고민 따위는 하지 않는다. 상상의 힘과 에너지를 믿고 있기 때문이다. 고다드는 《상상의 힘》에서 상상력을 통해 원하는 것을 충분히 얻을 수 있음을 강조했다. 상상은 단순한 공상, 허상과는 다른 개념이다. 여기서 말하는 상상이란 선명한 상상을 이야기하는 것이다. 단순히 '무엇을 가지고 싶다' 또는 '어디에 가고 싶다'라는 개념을 말하는 것이 아니다. '무엇을 가지고 싶다'라고 생각했다면, 그것을 가졌을 때의 느낌과 행복 그리고 감사함 등의 감정까지 선명히 느끼며 상상하는 것을 말하는 것이다. '어디에 가고 싶다'라고 생각했다면, 그곳에서의 즐거운 한때를 보내는 시간과 공간이 주는 생생한 감정, 바람, 냄새, 공기까지 선명하게 느끼고, 그 느낌에 흠뻑 젖을 수 있어야 함을 말하는 것이기도 하다.

놀라운 사실은 많은 사람이 이러한 사실을 이미 알고 실행하고 있다는 것이다. 선우휘 외 4인의 저자가 쓴 《거인의 어깨 위에서》에서는 우리나라 10대 기업 총수들의 경영기법과 마인드를 소개하고 있다. 이 책을 경영인의 마인드와 기업을 이끌어갈 수 있었던 그들만의 경영철학과 노하우를 소개한 책이라 생각하겠지만, 나는 이 책에서 선명한 상상의 힘을 공감할 수 있었다. 기업의 총수들은 위기를 기회로 받아들인다. 이것은 고난과 시련을 다가올 성공의 시그널로 받아들이고 있다는 뜻이 된다. 그리고 중요한 것은 바로 미래에 대한 시뮬레이션이다. 나는 이 부분을 상상의 힘이라고 말하고 싶다. 그들은 미래를 시뮬레이션 하는 과정에서 선명히 상상하고, 성공을 기반으로 현재를 계획하고 설계한다.

나는 이건희 전 삼성 회장의 신(新)경영을 옮겨 놓은 부분에서 끌림을 느꼈다. 그는 혁신에 관한 소신을 밝히는 대목에서 "모든 걸 바꿔라! 마누라와 자식만 빼고 다 바꿔라!"라고 말하고 있다. 이것은 행복한 미래와 성공을 기대하면서 현재와 같은 생각과 행동의 패턴으로 살아서는 절대 불가하다는 말을 하는 것이다. 나는 이 말을 과거는 바꿀 수 없지만, 현재를 바꾸면 미래는 얼마든지 바뀔 수 있다는 말로 해석하고 싶다. 미래의 행복에 대한 선명한 상상이 어렵다면, 지금 즉시 해야 할 일은 나온 셈이다. 그것은 지금까지 살아온 내 삶의 패턴과 생각을 판을 뒤집듯 바꿔야 한다는 것이다.

김도사의 《나는 매일 모든 면에서 조금씩 좋아지고 있다》 속 그의 결단력 있는 한 구절이 떠오른다.

"과거와 결별하지 않으면, 미래와 결별하게 된다."

저자는 생각과 삶의 패턴을 바꾸는 일이 미래의 행복한 삶을 끌어오는 데 얼마나 중요한 요소가 되는지를 참으로 명쾌하게 표현하고 있다. 살던 대로 살면서 미래의 부와 행복을 꿈꾸는 것은 사기를 치는 일과 같다는 말을 덧붙인다. 이 말은 미래의 부와 행복을 상상하고, 현실로 인도하기 위해서는 현실에서 마주치는 저항과 불편함, 그리고 자기 발목을 잡고 있은 것들을 과감히 바꾸고 손절해야 한다는 의미일 것이다.

현실이 주는 편안함에 속아 도전을 게을리하면서 복된 미래를 꿈꾸고 계획하는 것은 틀린 순서다. 행복한 미래를 원한다면, 그것은 분명 현재의 것보다 크고 원대한 것일 게다. 큰 것을 얻기 위해 큰 혁신이 필요한 것은 너무나 당연한 일이고, 그에 따른 저항과 불편함을 견뎌야 하는 것 또한 지극히 현실적인 일이라고 생각한다. 다시 말하면 현실의 편안함과 습관적 사고와 행동을 과감히 버려야, 원하고 바라는 부와 행복을 이룰 수 있다는 뜻이다. 나는 나의 꿈과 행복이 얼마나 막연했는지 알게 됐다. 선명한 상상은 있었으나, 그것을 위해 현재 내가 해야 할 것이 무엇인지 미처 깨닫지 못하고 있었다.

상상의 힘을 이용하고 싶다면, 고다드의 조언에 따라 선명한 상상의 세계에서 오감을 이용해 그것들이 가져다주는 느낌과 행복감, 그리고 감사함까지 내 것으로 만들어야 한다. 그보다 먼저 해야 할 중요한 것은 김도사의 조언에 따라 과거와 결별하고, 현재의 판을 바꾸는 일이 될 것이다. 아무것도 하지 않고 머물러 있다면, 아무 일도 일어나지 않는다. 이 말은 행동하지 않으면, 어떠한 것도 얻을 수 없다는 말을 반증해준다. 부와 행복이 넘쳐흐르는 밝은 미래를 원한다면, 현재 해야 할 것들이 무엇인지를 차분히 생각하고 정리해 보는 시간과 빠른 행동이 가장 우선되어야 한다는 뜻이 된다.

행복을 향한 작은 행동과 습관들이 쌓이면, 나의 미래의 부와 행복에 가까워지고, 마침내 상상한 모든 것들이 현실이 되어 다가와 있을 것이다. 미래에 관한 생각이 불안하다면, 그것은 너무도 당연한 것이다. 보이지 않는 길을 걷는다는 것은 누구에게나 불안한 일일 수밖에 없다. 바로 그런 불안한 미래에 등대가 되어줄 것이 바로 상상의 힘이다. 상상의 힘은 캄캄한 망망대해 같은 불안한 마음을 빛으로 인도해줄 것이다. 목적과 목표가 명확하다면, 더 이상 두려워할 필요는 없다. 빛은 내 삶을 마침내 원하는 부와 행복이 넘쳐나는 목적지로 이끌어줄 것이기 때문이다.

몇 년 동안 나는 나의 비전을 세웠고, 버킷리스트를 만들고, 그것을 매일 100번씩 필사도 해 봤다. 하지만 현재의 내 삶을 생각해볼 때 뒤로 가지 않았을 뿐, 원하는 것에 가까워졌다고 말할 수 없다. 나는 이 문제를 깨닫지 못했다. 간절하게 원하면 이뤄진다는 말을 아주 단편적으로 해석하고 실행해온 게 아닐까 싶다. 부정적인 간절함, 즉 결핍이 문제였단 것을 알 수 있었다. 나의 행복을 절대적 평가가 아닌 상대적 평가로 해왔던 것에도 문제가 있었다. 행복은 누군가가 아니라 나 자신이 기준점이 되어야 한다는 사실을 모른 채 결핍을 필사하고, 열심히 끌어당기고 있었던 셈이다.

행복한 미래를 원한다면, 내가 오늘 무엇을 해야 할지가 명확해진다. 현재 내가 할 수 있는 일이 무엇이며, 나를 행복하게 해줄 소소한 것들이 무엇이었는지를 생각해 봐야 한다. 나는 아침에 일어나 창문을 열었을 때 느껴지는 시원하고 청량한 아침 공기를 좋아한다. 오늘 하루에 해야 할 일을 떠올리며 메모하고 시뮬레이션 해 보는 시간을 좋아한다. 펼쳐 든 책에서 나에게 힘을 실어줄 한 줄의 메시지를 발견했을 때 올라오는 깊이 있는 충만함을 좋아한다. 운전 중 눈에 들어오는 행운의 숫자를 알아차렸을 때의 기분은 어떠한가? 여유 있게 즐기는 모닝커피의 향에도 마음이 말랑해진다. 비가 오면 비가 와서 행복하고, 눈이 오면 눈이 와서 축복처럼 느껴진다. 지나가는 바람에도 행복감이 느껴질 때가 있다. 행복은 지금부터다. 내가 누리는 모든 것들에 소소한 행복이 숨어 있었다. 그것을 행복과 감사함으로 인식하지 못하고 살아온 나는, 행복의 좋은 재료를 방치하고 시들게 했던 셈이다.

삶이 건네는 소소한 행복을 알아차리고 느끼며 살아간다면, 나는 행복의 체질로 변화하게 될 것이다. 행복은 또 다른 행복을 끌어당길 것이고, 그것을 감사하게 받아들이는 내게 머물고 싶어질 것이다. 나는 나의 부와 행복에 대한 선명한 그림이 있다. 지중해의 에메랄드빛 멋진 바다에서 가족과 함께 해변을 걷고, 책을 읽으며 시간을 보내는 여유로운 나. 나는 이미 모든 것을 다 이루었다. 나는 오늘도 소소한 행복을 누리며, 내가 해야할 일들에 도전한다. 그리고 성장한다. 그렇게 차곡차곡 행복과 감사함을 쌓아갈 것이다. 나의 우주는 마침내 부와 행복을 현실로 가져다줄 것임을 알고 있기 때문이다.

대한민국에서 싱글맘으로
잘 살 수 있다

　나는 15년 차 싱글맘이다. 이 말은 15년 동안 이혼과 더불어 두 아이를 홀로 키우며 살아왔다는 말이다. 이런 내 삶에 대한 사람들의 반응은 딱 두 가지다. 첫 번째는 "여자 혼자서 애들 키우며 많이 힘들었겠네", 그리고 두 번째는 "잘 살았네! 이만하면 성공했다!" 나는 이 두 가지 반응 중 두 번째 반응에 마음이 간다. 내가 이런 생각을 하게 된 이유를 생각해 봤다. 그것은 인정이었다. 나의 선택과 결과에 대한 인정, 나는 그것에 더 끌리고 있었던 게 분명하다. 과거를 공감받는 것보다 현재를 인정받는 것이 내게는 훨씬 더 중요한 것이었다.

　이혼을 하고 제일 처음 시작한 일이 바로 보험 일이었다. 별달리 잘하는 것도 없었고, 전업주부로 친정어머니와 남편만 바라보고 산 결과는 참으로 처참했다. 장대비가 내리는데 우산을 뺏긴 심정이랄까? 맨몸으로 내리는 비를 그냥 다 맞아야 하는 심정 그 자체였다. 내리는 비를 탓할 것인가? 우산을 뺏은 사람을 탓할 것인가? 고민할 여지도 없이 박 터지는 싱글맘 라이프가 시작됐다. 기본적 성향이 성실하고 끈기 있는 편이어서 그런지, 시작한 보험 일에는 나의 성향이 많은 도움이 됐다. 교육을 받고 일을 시작해 보니, 나는 제법 일을 잘하는 사람이었다. 내가 가지고 있는 또 다른 능력을 발견하게 된 셈이다.

생계를 책임지고 아이들을 지켜야 한다는 생각으로 별다른 선택의 여지 없이 시작한 일이었다. 이런 것을 궁여지책(窮餘之策)이라고 표현하는 것이 맞을 것이다. 내가 무엇을 잘하는지, 또 무엇을 하고 싶은지에 대한 생각을 하고 선택한다는 것은 당시의 나로서는 상상할 수도 없는 일이었다. 생각을 하기보다는 행동해야 하는 상황이었기 때문이다. 신입사원 교육을 시작하면서, 나는 회사에 한 가지 조건을 포함했다. 아이를 데리고 교육 받을 수 있게 해달라는 요청이었다. 아직 어린 딸아이를 혼자 두고 종일 교육을 받는다는 것이 제일 큰 부담이었기 때문이다.

딸아이와 나는 교육장의 맨 뒷자리에 앉아서 2주간의 교육을 무사히 마쳤다. 그때를 떠올리면 미소가 지어진다. 우리 둘에게는 나름 행복한 시간이었기 때문이다. 딸아이는 종일 엄마와 함께여서 행복했고, 나는 걱정을 덜어서 행복했다. 회사에서 주는 밥도 너무 맛있었다. 나는 요리와는 거리가 먼 사람이다. 딸아이도 내가 해주는 밥보다는 회사에서 먹는 밥이 훨씬 맛있었으리라 생각한다. 가끔 동기생 이모와 삼촌들이 용돈을 주시거나, 간식을 사주시는 일도 있었다. 딸아이에게도, 내게도 그 시간은 더 없이 행복하고 소중했다. 책상에 엎드려 잠이 든 딸아이의 모습에 밀려오는 묘한 감동도 있었다. 그전까지 잠든 딸아이의 천사 같은 모습을 한 번도 제대로 들여다본 적이 없었기 때문이 아닐까 싶다.

그때 내가 제일 많이 들었던 말은 "여자 혼자서 애들 키우기가 만만치 않은데. 힘내세요!"였다. 그리고 그들이 나와 딸아이를 보던 눈빛을 아직도 생생히 기억한다. 동정이었다. 힘내라는 말을 하고 있었지만, 그들은 그저 나를 통해 자신의 처지와 삶을 위로받고 있는 듯해 보였다. 하지만 나는 상관없었다. 그런 상황이 부끄럽고 힘들다고 생각했다면, 이혼을 결심하지도 않았을 것이기 때문이다. 그저 주어지는 상황 안에서 만족감을 찾았고, 처음 경험해보는 여러 가지 상황들에 소소한 행복감마저 느끼고 있었기 때문이다. 중요한 것은 나 자신이니까….

교육은 놀라움 그 자체였다. 나는 처음 접하는 새로운 지식과 정보에 눈이 번쩍 뜨였다. 살면서 한 번도 생각해 보지 못한 금융 정보는 호기심을 넘어 깨달음과도 같았다. 제일 인상적인 것은 '라이프 사이클'이었다. 라이프 사이클이란 사람이 살면서 겪게 되는 인생의 이벤트와 살아가는 데 필요한 자금, 그리고 자금의 투입 시기를 계산해서 그래프로 그려주는 것을 말한다. 교육에서는 라이프 사이클의 모델을 본인의 것으로 하도록 연습시켰다. 그려놓은 내 라이프 사이클을 보고 머리에서 종이 울렸다. 내가 노후가 되기까지 이렇게나 많은 돈이 필요하다고? 지금까지 내가 이렇게 많은 돈을 쓰고 살았다고? 나는 경제적 개념도 전혀 없었지만, 살면서 얼마의 돈을 벌고 얼마의 돈을 모아야 하는지에 대한 지식도 전무했다. 부끄러운 말이지만, 내 명의로 된 계좌 하나가 없었던 사람이었다.

그때의 나에게는 '문명시대에 사는 경제적 미개인'이라는 표현이 제일 적절하다. 친정어머니와 남편이 벌어다 주는 돈에 의존해 살아온 탓으로, 얼마의 돈이 있어야 한 달을 살 수 있는지, 또 어느 시기에 얼마의 돈이 필요한지에 대한 개념이 전무했다. 그런 내게 미래에 대한 준비란 있을 수도 없는 일이었다. 아니 아예 생각조차 해 본 적 없었다고 해야 하는 게 맞을 것이다. 교육을 마치고 마음이 급해졌다. 나는 돈을 벌어야 했고, 시간은 그리 많지 않다는 사실을 알게 됐기 때문이다. 내가 배우고 알게 된 지식과 정보들을 하루빨리 내가 아는 사람들에게 알려주고 싶다는 마음이 용솟음쳤다.

지점으로 출근을 시작하면서, 나는 배운 대로 열심히 일했다. 근태관리는 기본이었고, 기록하는 것을 좋아했던 탓으로 그날의 일정과 함께, 분석하고 보완해야 하는 내용들을 꼼꼼히 남겨뒀다. 일종의 사례를 수집해놓은 셈이다. 그리고 만나는 고객마다 어김없이 라이프 사이클을 그려줬다. 나와 같은 생각과 느낌으로 놀라워하는 사람도 있었지만, 자기 삶과 자금의 패턴을 이미 알고 있는 사람들도 꽤 있었다. 그들은 각기 다른 사례로 나에게 가르침이 되어주었다. 고객과 동반 성장한다는 의미를 제대로 알게 된 셈이다. 매일 배우고 성장하는 삶이었다. 일이 즐거우니, 계약도 늘어났다. 나를 좋아하는 사람들이 생겨났고, 소개도 이어졌다.

나는 나 스스로에게도 많이 놀랐다. 할 줄 아는 것이 아무것도 없었던 내게 보험 일은 길이 되어줬다. 길을 찾은 나는 열심히 그 길로 달려 나갔다. 내가 인복 있는 사람이라는 생각이 들 정도로 감사한 일들이 계속 생겨났다. 최단기에 MDRT(Million Dollar Round Table, '백만달러원탁회의'의 약자로 우수한 보험설계사들이 모인 단체)의 자리에 오르게 됐고, 신입사원 교육 때는 나의 사례나 업무노트가 교재처럼 쓰이기도 했다. 가끔 신입사원 교육에 현장의 생생한 경험을 전하는 멘토로 초청되기도 했다. 신입사원들의 반짝반짝 빛나는 눈과 마주할 때면, 한번씩 신입 교육을 받았던 그때로 돌아가게 된다. 그럴 때면 마음이 숙연해지고, 뭉클해짐이 느껴지기도 한다.

직원들과 대화 도중, 그때의 나를 회상하면서 하는 이야기가 있다. "이 일을 몰랐으니 시작했지, 알았다면 절대 시작할 수 없었을 것이다"라는 말이다. 보험 일은 배우고 알아야 할 것들이 아주 많다. 다양한 상품을 판매하기 위해 필요한 자격증도 여러 개다. 매달 변경되어 쏟아져 나오는 상품들도 엄청나다. 감정 노동자라고 표현해도 부족할 만큼 다양한 고객들의 다양한 감정들을 이해하고 공감해야 한다. 지식과 감정 모든 것을 넘나들며 영업해야 하는 일이므로, 업계의 사람들은 "누구나 시작할 수 있는 일이지만, 아무나 살아남을 수 있는 일은 아니다"라고 말하기도 한다.

보험 일을 시작해 15년이라는 세월이 흘렀다. 생계를 위해 궁여지책으로 시작했던 일이 나의 평생 직업이 됐다. 새로운 삶에 대한 두려움이 컸더라면, 결코 시작하지 못했을 일이었다. 나는 아이들을 지켜야 하고, 돈을 벌어야 하는 절실함이 있었다. 절실함은 내게 동기부여가 되어준 셈이다. 지나온 세월을 돌이켜 보면, 항상 도전과 성장의 발목을 잡는 것은 두려움이었다. 가보지 않은 길을 가는 것에는 너무도 당연하게 두려움이 따른다. 내가 정착하고 성장할 수 있었던 것은 두려움이 없었기 때문이 아닐까 하는 생각을 하게 된다. 몰라서 용감할 수도 있었겠지만, 새로운 도전을 즐기고 그 안에서 행복감을 찾았던 덕분이 아닐까 싶다. 도전하고 노력하는 용기 있는 사람에게 두려움 따위는 장애가 될 수 없다. 또한 엄마란 누구보다 강하다. 대한민국에서 싱글맘이란 주홍글씨가 아니라, 제법 경쟁력 있는 타이틀이다. 나는 당당히 말할 수 있다. "대한민국에서 싱글맘으로 잘 살 수 있습니다!"라고….

엄마가 되는 것보다 어려운,
엄마로 살아가는 것

내가 엄마가 되는 과정은 정말 남달랐다. 지금 34살이 된 아들은 10살 때 입양했고, 둘째 딸아이는 여섯 번째 시험관 시술에서 목숨을 걸고 얻었다. 나는 일찍 부모님을 여의고, 형제자매라고 해야 인연을 정리한 이복동생이 전부인지라 핏줄에 대한 집착이 있다. 이혼을 결심하면서도 지키고 싶었던 것은 바로 이 두 아이였다. 모든 것을 내주고라도 지키고 싶었다. 달리 말하면, 빼앗기고 싶지 않았다고 말하는 게 맞을 것이다. 그만큼 집착에 가까운 욕심이 있었다. 솔직히 말하면 그가 너무도 원하는 것을 주고 싶지 않다는 마음도 컸다.

큰아이를 입양하고도 남편은 아이에 대한 미련을 버리지 않았다. 그 욕심으로 만들고 태어난 것이 지금의 딸아이다. 딸아이가 태어나고 나는 2주 동안을 의식불명 상태로 있었다. 아기를 처음 안아본 것은 두 달이 거의 다 지나서였다. 초유도 못 먹이고 누워 있는 딸 때문에 친정어머니와 남편은 2~3일 먼저 출산한 친구에게서 소위 말하는 '젖동냥'을 해서 아기를 보살피고 있었다. 훗날 친정어머니는 하나뿐인 딸의 목숨과 바꿀 뻔한 아기가 그리 반갑지만은 않았다고 하셨다. 하지만 딸은 집안의 비타민이 됐다. 남편의 집안을 통틀어 유일한 딸이었으므로 귀하고 소중한 아이였다.

아들은 딸아이를 오빠라기보다는 아빠처럼 돌봐주었다. 그도 그럴 것이 두 아이는 13살의 나이 차가 있다. 딸아이는 유달리 오빠를 잘 따르고 좋아하기도 했지만, 아들은 엄마의 어려웠던 임신과 목숨을 건 출산, 그리고 힘든 회복과정을 모두 알고 있었기에, 나에 대한 감사와 애정을 표한 것이 아니었을까 생각한다. 남편은 나와 큰아이의 호적을 정리하는 문제로 갈등이 있었다. 큰아이를 호적에 올려주는 조건으로 남편은 출산을 원했기 때문이다. 큰아이가 그것을 몰랐을 리 없다. 아이가 생기지 않아서 입양을 제한한 것은 내 쪽이었으므로 나도 받아들일 수밖에 없는 조건이었다. 그렇게 시험관 시술을 시작하게 됐다. 1년 반이라는 시간 동안 다섯 차례의 시술을 받았고 결과는 모두 실패였다. 몸도 마음도 처참했다. 극심한 스트레스로 몸은 마를 대로 말랐고, 면역력 저하는 물론 여러 가지 부작용들로 껍데기만 사람의 모습을 하고 있었다. 친정어머니의 애타 하시는 모습이 오히려 더 힘겹고 고통스러웠다. 모두의 합의하에 마지막 한 번의 시술을 약속하고, 마음을 내려놓고 여섯 번째 시술을 받았다. 이상하리만큼 전처럼 마음이 불안하거나 컨디션이 나쁘지 않았다. 친정어머니는 태몽까지 꾸셨다며 확신하셨고, 나 역시도 태몽과 같은 꿈을 꿨다. 전에 없이 가벼운 마음으로 병원을 향했다. 집을 나서는데 큰아이가 쪼르르 달려와 "엄마!" 하고 부르며 내 손에 무언가를 쥐어 줬다. 초코파이 한 개와 요구르트 하나, 그리고 작은 손편지였다.

큰아이가 나를 처음으로 "엄마!"라고 불렀다. 심장에 전류가 흐르듯 찌릿함을 느꼈다. 10살이나 된 큰아이를 입양한 터라 나로서는 익숙하지 않은 단어였다. 그것을 알고 있는지 아이는 한 번도 나를 '엄마'라고 제대로 부르지 않았다. 서로에게 모두 어색한 단어였으리라…. 그러나 그날은 달랐다. 내가 진짜 엄마가 된 느낌이었다. 조그마한 손편지에도 적혀 있었다.

"엄마! 힘내세요. 예쁜 동생 기다릴게요."

그 아이가 나를 엄마라 부르고, 나는 정말 엄마가 됐다. 포기하려 했던 순간, 나를 엄마로 불러주니, 나는 진짜 엄마가 된 것이다. 아직도 그때 그 순간을 기억한다. 나를 처음 엄마로 만들어준 아이. 그 아이는 지금 예쁜 딸아이의 아빠가 됐다.

나를 엄마라고 불러줘서였을까? 아니면 내가 이제야 비로소 엄마가 될 준비가 되어서였을까? 여섯 번째 시술에 성공했고, 그렇게 낳은 아이는 지금 대학생이 됐다. 임신을 유지하는 동안 나는 수도 없이 병원에 다녀야 했다. 출산 전까지 병원에 동행해준 것은 남편보다 큰아이였다. 큰아이와 함께한 모든 시간이 너무나 소중했다. 진료를 마치고 함께 걸었던 길, 그리고 함께 먹었던 맛있는 햄버거, 함께 보았던 전시회와 쇼핑…. 엄마는 나였지만, 큰아이는 나의 든든한 보디가드였고, 친구였으며, 보호자였다. 친정어머니의 말씀이 생각난다. 어머니가 입양을 제의하고 결정했을 때, 내게 하셨던 말씀이 있었다.

"이 아이가 커서 너를 지켜줄 거야. 세상에 내 편이 하나 더 생겼다고 생각해라."

나는 어머니의 선견지명을 오래도록 체감하며 살았다. 내 어머니는 큰아이를 지켜주셨고, 그 아이는 나를 지켜줬다. 사랑은 이렇게 부메랑처럼 돌아오는 것이 맞는 것 같았다.

아이들을 키우면서 벽에 부딪힐 때마다 나는 어머니를 떠올리며 답을 구했다. '어머니였다면, 이 상황에 어떻게 하셨을까?'라고 생각하면 적절한 해답이 떠올랐다. 사실 그보다는 어머니처럼 말하고, 어머니처럼 행동했다고 해야 맞겠다. 어머니가 돌아가시기 전까지 육아의 모든 부분은 어머니 몫이었다. 큰아이도, 작은아이도 거의 어머니 손에 길러졌다. 솔직히 말하면, 어머니의 사랑과 어머니의 돈으로 길러졌다고 해도 맞을 것이다. 하지만 그때는 몰랐다. 그것이 손주에 대한 내리사랑이 아니라, 딸을 사랑하고 아끼는 마음이었다는 것을…. 출산 후 의식불명 상태와 과다 수혈로 인해 회복의 과정이 아주 길었다. 알 수 없는 온갖 알레르기에 늘 긴장 상태였다. 그런 딸에게 어머니께서 해주실 수 있는 것은 육아였고, 어머니는 누구보다 그 일에 진심이셨다.

어머니가 돌아가시고, 이혼하고. 혼자서 아이들을 키우면서 나는 진정한 엄마가 됐다. 엄마란 정말 위대한 사람들이다. 해야 할 일들이 너무너무 많았다. 게다가 난 싱글맘이 아닌가? 돈도 벌어야 했다. 두 가지를 모두 완벽하게 해내는 일은 정말 세상에서 제일 어려운 일 같았다. 그중에서도 엄마의 역할은 더욱 어려웠다. '신이 모든 곳에 있을 수 없어서 엄마라는 사람을 만들었다'라는 말이 있다. 절대적으로 공감이 가는 말이다. 엄마는 생생한 삶의 현장이며, 오감을 동원해 자식의 내부와 외부 모두를 파악하고 해결해야 한다. 무엇보다 어려운 것이 자식의 보이지 않는 내부에서 일어나는 일이다.

옛말에 '자식 겉 낳지, 속 낳는 것 아니다'라는 말이 있다. 이 말의 의미를 여러 번 공감하게 됐다. 고객의 마음에 공감해주는 일보다 자식의 마음에 공감해주는 일이 훨씬 더 어려운 일이란 것을 아이를 키우면서 절실히 깨달았다. 엄마의 역할에는 매뉴얼이 없다. 그도 그럴 것이 각기 다른 특별한 아이들을 정형화한다는 것이 얼마나 어려운 일이겠는가? 학교에서도 하지 못한 일을 엄마라고 할 수 있는 일은 아닐 것이다. 그때그때 엄마만의 지식과 경험으로 지혜롭고 현명하게 맞춤형 컨설팅을 해야 한다. 세상의 모든 일들이 영업이 아닌 게 없다. 자식도 내 삶의 고객이며, 맞춤형 영업을 해야 한다.

'자식은 부모의 뒷모습을 보고 배운다'라는 말이 있다. 나는 조금 다른 생각을 해본다. 자식은 부모의 앞에 있어야 한다. 부모는 자식의 뒤를 지켜주는 것이 맞는다는 생각이다. 자전거를 처음 배울 때를 생각해보자. 부모는 뒤에서 든든한 믿음과 사랑이 되어줘야 한다. 세상은 변했고, 교육의 방향도 바뀌었다. 내 어머니는 내 앞에서 모든 것을 해결하고 내가 꽃길로만 걷도록 도와주셨지만, 오래도록 그 일을 해주시지는 못했다. 삶의 모든 길이 꽃길일 수 없다. 때로는 돌길도, 가시밭길도 가야 할 때가 온다. 나는 그 길을 준비 없이 맨발로 걸어야 했지만, 내 아이들은 같은 방식으로 살게 하고 싶지는 않다. 겪어야 할 시련이면 겪고, 조금 더 단단한 사람이 되길 원한다. 거기서 배운 경험과 지혜로 남은 삶을 멋지게 살아가길 원한다. 그래서 나는 그들의 뒤에서 그림자를 지켜줄 것이다. 힘들고 지쳐서 뒤돌았을 때, 그곳에서 그들을 안아줄 수 있는 엄마가 될 것이다. 세상에서 가장 어려운 것은 엄마가 되는 것보다 엄마로 살아가는 것이다.

끝에서부터 시작하는
나의 삶

나는 가끔 나의 완성된 모습을 상상해 보고는 한다. 해 질 무렵 손녀의 손을 잡고 부드럽고 비옥한 흙을 밟으며 노을을 만끽하는 모습, 풍경이 좋은 나의 서재에서 살랑대는 커튼을 타고 들어오는 바람과 햇살을 느끼며 독서 삼매경에 푹 빠져 있는 나의 모습, 오래된 엘피판에서 흘러나오는 투박하지만 정다운 어쿠스틱 기타의 촌스러운 사운드를 즐기는 모습, 지중해의 멋진 바다와 새하얀 모래 그리고 그곳을 걷고 있는 나의 모습…. 이런 기분 좋은 상상은 현실로부터 잠시나마 나를 분리해주는 멋진 것들이다.

상상의 끝에서 나를 기다리는 것은 바로 현실이었다. 잠시의 기분전환은 되어주었지만, 현실의 무거움과 버거움이 나를 기다리고 있었다. 그리고는 바로 의심 가득한 마음의 소리가 들려온다.

'일에 집중해! 지금 그런 한가한 생각이나 할 때가 아니야!'

현실의 소리는 아주 냉정하고 무섭다. 나는 펼쳤던 상상의 나래를 접고, 바로 일벌레 상태로 전환해야 한다. 요즘은 나와 같은 사람들을 '사노비'라고 부른다. 일과 삶의 균형, 일명 '워라밸'을 말하면서도 사실은 워커홀릭으로 살아가고 있는 사람들 말이다. 워라밸은 그저 바람일 뿐, 이룰 수 있는 것이 아니라 이루고 싶은 것에 머물러 있었던 것이다.

수년 동안 김난도 교수를 필두로 매년 출간하는 책 《트렌드 코리아》 시리즈를 사 봤다. 해가 바뀌기 전, 신년운세를 보는 마음으로 다음 해의 경제적 동향이나 사회 전반의 트렌드를 꼼꼼히 읽고 분석하고 체크해가며 기록해두기까지 했다. 하지만 내용 전반을 이해하기는 어려웠다. 나의 지적 수준이 모든 내용을 막힘없이 이해할 만큼 높은 편이 아니었기 때문이다. 《트렌드 코리아》 시리즈는 출간과 동시에 엄청난 속도로 팔려나갔다. 배송 지연이 될 만큼 날개 돋친 듯 팔렸다. 나는 사람들이 그 책에 열광하는 이유를 알 것 같았다. 그 이유는 사회적 불안심리가 아닐까 생각한다. 빠르게 변화하는 사회적 흐름과 시스템에서 도태되고 싶지 않은 불안감 말이다.

책이 대중의 심리적 불안과 갈증을 해소하기에는 무리가 있다. 왜냐하면 그것은 그야말로 대중적인 통계를 근거로 하는 것이지, 개인적인 것에 관여하지는 않기 때문이다. 수년 동안 《트렌드 코리아》 시리즈 속에서 내가 건진 내용은 2020년을 예측한 《트렌드 코리아 2020》에서 전망했던 마지막 장 'Elevate Yourself (업글인간)'의 내용이다. 여기서 저자는 자기 계발형 인간에 대해 이야기하며, 어제보다 나은 나를 지향하는 사람들이 늘어나고 있음을 예측했다.

그러나 《트렌드 코리아 2020》에서조차도 코로나 바이러스를 예측하지는 못했다. 이 말인즉, 경제적이나 사회적인 흐름과 트렌드는 예측할 수 있어도 재난과 이상 현상에 관해서는 예측이 불가했다는 것이다. 내가 해마다 읽어온 내용을 종합해 볼 때 주목할 만한 내용이 있다면, 그것은 일과 삶의 밸런스가 점점 삶을 중점으로 흘러가고 있다는 것, 1인 기업(1인 창업)과 개인의 가치와 성장에 중심을 두는 사회로 변화하고 있다는 점이다.

나는 읽은 책들의 내용과 의미를 단순히 정보로만 인식하고 있었다. 그것은 그냥 정보 또는 지식일 따름이다. 이것이 내 삶에 어떻게 접목되고, 어떤 영향을 미칠 수 있는지에 대해서는 고민조차 해 보지 않았다. 시장의 흐름을 파악하는 정도였고, 하는 일에 어떻게 접목해야 살아남을 수 있을지에 관한 생각뿐이었다. 나의 이런 생각의 판을 완전히 뒤바꾸게 한 계기가 있었다. 그것은 바로 한책협과 김태광 대표를 만나게 된 것이다. 앞서도 여러 번 언급했지만, 그는 강한 어조로 말한다.

"성공해서 책을 쓰는 것이 아니라, 책을 써서 성공한다!"

그의 확신 넘치는 이 말이 무엇을 뜻했는지 책 쓰기를 통해서 알게 됐다. 책 쓰기를 시작하기 전, 나는 내가 어떤 사람인지, 내가 무엇을 좋아하는 사람인지에 대해서 한 번도 깊이 있게 생각해 본 적이 없었다. 열심히 일해서 매출을 올리고, 기대 이상의 성과를 내야 성공한 삶이라 생각했고, 남들에게 부러움의 대상이 될 수 있다면 행복한 삶이고 잘 사는 삶이라고 생각했다. 모든 기준이 내가 아닌 타인이었다. 타인이 인정해주는 삶이 성공이고, 행복의 조건이라고 생각했다. 일 속에 묻혀 워커홀릭으로 살아가면서, 이것이 행복이고 가치 있는 삶이라고 생각했다. 나는 충분히 잘 살고 있다고, 스스로를 속여가며 살아왔던 것이다.

나의 버킷리스트에 빠짐없이 등장했던 항목 중 하나가 '나의 책을 출간한다'였다. 참으로 막연했던 꿈이었다. 어찌 보면, 버킷리스트의 10가지 항목 중 마지막 한 가지를 채우기 위한 것이 아니었을까 하는 생각이 들 때도 있었다. 그런 나의 버킷리스트를 현실로 꺼내준 것이 바로 한책협과 김태광 대표다. '꿈은 꿈꾸는 자의 것이다'라는 말이 있다. 이 말은 더 이상 시대에 맞지 않는 말이다. '꿈은 선명하게 상상하고 행동하는 자의 것이다'라고 해야 맞는 말이다. 이것을 깨닫게 해주고 꿈을 현실로 인도해준 그들은, 내게 감사함을 넘어 은인과 같다고 말하고 싶다. 책을 쓰면서 나는 알게 됐다. 내가 무엇을 좋아하는지, 무엇을 할 때 가장 행복한지, 그리고 무엇을 하며 살아가야 하는지…. 쉰 하고도 중반, 적지 않은 나이다. 그러나 내 심장이 뛰게 하는 일을 찾지 못한 채 살아온 세월은 그야말로 숫자에 지나지 않는다. 책 쓰기는 나에 대한 재발견이다. 책을 쓰는 내내 많은 깨달음이 있었다. 과거의 내 삶을 하나씩 꺼내 재해석했고, 그 시점으로 돌아가 그때의 나와 모두를 인정하고 위로했다. 내 삶이 주는 의미와 반복된 시련과 고난에 대한 카르마도 알게 됐다. 책을 쓰는 일이 이렇게 엄청난 알고리즘으로 연결될 수 있다는 사실에 끊임없이 놀라고 매 순간 감동했다. 살면서 발목에 묶어 놓았던 여러 종류의 끈도 과감히 끊어낼 수 있었다.

삶은 과거와 현재와 미래가 동일선상에 놓여 연결되어 있다고 한다. 나의 현재는 나의 과거의 생각과 태도를 대변해주고 있다고 한다. 그래서 사람들이 '과거는 바꿀 수 없어도, 미래는 바꿀 수 있다'라고 말하는 것이다. 나의 미래가 빛나려면, 현재를 잘 살아야 한다는 말이 된다. 현재를 잘 산다는 것이 무엇을 뜻하는 것일까? 나는 책 쓰기를 통해서 그 해답을 찾게 됐다. 현재를 잘 살고 싶다면, 나의 미래를 명확히 정의하고 상상해야 한다. 이것이 '상상의 힘'이다. 좋은 현재가 좋은 미래를 만들어주는 것은 당연한 사실이다. 하지만 더 좋은 미래를 원한다면, 미래를 상상하는 것으로부터 출발해야 한다. 이것이 바로 '끝에서부터 시작해라!'라는 말일 것이다. 나의 완전하고 온전한 성공의 끝을 정의한다면, 오늘의 내가 무엇을 해야 하는지 답이 나온 셈이다.

나는 나의 끝을 정의한다.
나는 책 쓰는 보험설계사, 국민작가 The 이미경이다.
나는 '(주)The LEE's Family'의 CEO다.

나는 해마다 한 권씩 책을 출간하는 베스트셀러 작가다.

나는 사람들의 생각과 행동을 교정해주는 루티너리 마스터다.

나는 책과 강연으로 의식성장을 도와주는 영적 힐러다.

나는 나를 정의하고 끝에서 출발한다. 나의 미래는 분명, 현재의 나를 바꿔줄 것이다. 미래는 알고 가는 것이 아니다. 내가 정의했고, 믿고 가는 것이다. 확신의 힘을 믿는 나에게 더 이상 미래에 대한 두려움은 없다. 오늘도 나는 선명한 나의 끝에서부터 삶을 시작한다.

오늘 처음 만나는 나

매일 아침 거울을 보며, 거울 속의 나에게 인사를 건네는 버릇이 생겼다. 이것은 이제 일상이 됐다. 처음 이 행동을 시작했을 때가 생각난다. 어찌나 어색하던지…. 제일 어려운 일은 거울 속의 나와 눈을 맞추는 일이었다. 보는 사람도 나, 거울 속에 있는 사람도 나인데 그게 왜 그렇게 어려웠을까? 누군가의 말이 생각난다. '거울은 내면의 모습을 투영한다.' 그래서였을까? 나를 들키기라도 한 듯 불편했고 어려웠다. 이것을 잘하는 사람은 정말 내공이 있는 사람이라는 생각이 들기도 했으니까…. 이제는 거울을 보는 것이 아주 편안해졌다. 그것도 연습이 필요했던 모양이다. 심지어 요즘은 거울을 보는 것이 좋아졌다. 그리고 거울 속의 나에게 말을 건넨다.

"주름이 좀 늘었구나. 하지만 여전히 예쁘다. 오늘도 힘내자!"

나는 이렇게 소리 내어 말한다. 말의 힘을 알고 있기 때문이다. 내가 하는 말은 제일 먼저 내가 듣는다. 그보다 먼저는 생각이다. 내 생각이 내 입을 통해 말이 되어 나오는 것이므로, 벌써 두 번의 과정을 거쳐 듣게 되는 셈이다. 거울 속 나에게 힘을 실어주는 응원의 말을 듣는다는 것은 세 번의 응원을 듣고 시작하는 것과 마찬가지다.

우리는 매일 새로운 나와 만난다. 하물며 같은 직장으로 출근하고, 같은 사람들과 같은 일을 한다 해도, 그 모두는 어제와 다른 새로운 것들이다. 물도 공기도 하늘도 하다못해 지나가는 바람도 오늘 처음 만나는 것들이다. 벽에 걸어 놓은 달력이나 사진조차도 어제의 것이 아니다. 하물며 사람인 내가 어제와 오늘이 같을 리가 없지 않은가? 이 말인즉, 세상은 미세한 초 단위로 움직이고 있다는 말이다. 시간보다 더 빨리 변하고 달라지는 것은 공간을 지배하는 마음 또는 감정임을 알아야 한다. 모든 것이 새롭고, 모든 것이 새것이다.

요즘 내가 루틴처럼 보는 책이 있다. 나는 이 책을 '매일 씹어 먹는 내 영혼의 비타민'이라고 부른다. 그것은 김태광 작가의 《김도사의 독설 II》다. 여기에는 수많은 뼈 때리는 조언들이 들어 있다. 매일 새로운 것과 만나고 살아가면서 과거를 버리지 못하는 사람들에게 주는 명쾌한 말이 있다.

"어제와 똑같이 살면서 다른 미래를 기대하는 건 정신병 초기증세다!"

이 말은 익히 알고 있는 과학자 아인슈타인(Einstein)의 명언이다. 안타까운 것은 많은 사람이 이 말이 주는 불편함의 의미를 깨닫지 못하고 살아가고 있다는 사실이다. 나 역시도 그들과 다르지 않게 살았다. 삶이 변하지 않는 것은 누구의 탓도 아니다. 변하는 세상에서 변하지 않는 자로 살아가는 내 탓을 해야 하는 것이 맞겠다. 흔들리는 판에서는 같이 흔들려야 안전할 수 있다. 흔들리는 변화의 판에서 오롯이 버텨보겠다고 생각하고 노력했다면 바보 같은 행위다. 그것은 시간 낭비다. 어떻게 흔들려야 살아남을 수 있는지를 고민하는 편이 훨씬 더 합리적인 방법일지도 모른다. 또 다른 방법이 있다면 과감히 그 판에서 내려오는 것이다. 흔들리는 세상의 판에서 자신을 훼손하고 힘들게 하는 것보다는 결단하고 돌아서는 것이 최고로 현명한 방법일 수 있다.

오늘은 처음 만나는 날이다. 그러므로 오늘의 나도 처음 만나는 나인 셈이 된다. 사랑하는 사람을 처음 만났을 때의 경험을 생각해 보자. 얼마나 설렜던가? 또 얼마나 나를 꾸미고 치장하며 함께할 시간을 상상하고 즐거워했던가? 매일 사랑하는 사람을 만날 때의 기분으로 자신을 대해 보자. 사랑하는 사람을 만나는 데도 많은 공을 들이고 마음을 쓰는데, 하물며 자신을 만나는 것에는 아무런 노력조차 하지 않는다는 것은 너무도 안타까운 일일 것이다. 자존감은 멀리서 찾을 필요가 없다. 자신을 사랑해주고 대접해주는 것이 기본이다. 자신을 사랑할 줄 아는 사람이 저항 없이 남도 사랑할 수 있는 것이다.

많은 사람이 '왜 아무도 나를 인정해주지 않을까?'라는 생각으로 슬퍼하고 좌절한다. 그들의 공통점은 자신조차도 스스로를 인정하지 않는다는 것이다. 모든 인정은 자신을 사랑하는 것으로부터 비롯된다. 그것을 외부에서 찾으려고 하는 것이 제일 큰 문제일 것이다. 스스로 자신을 인정하고 사랑해준다면, 타인의 인정은 자연스러운 것이 된다. 자존감이 높은 사람들에게는 그들만의 아우라가 있다. 긍정의 에너지는 긍정을 알아본다. 자기 사랑이 충만하고, 긍정적 에너지가 넘쳐난다면, 남도 그것을 한눈에 알아보게 될 것이다. 긍정적 에너지가 같은 에너지를 끌어당기는 '끌어당김의 법칙'이 작용하는 것이라고 할 수 있겠다.

앞서도 이야기했지만, 유튜브 채널 〈인생라떼 권마담〉에서 항상 강조하는 것이 있다.

"내가 나를 정의하지 않으면, 남이 나를 정의하게 된다."

내가 나를 정의한다는 것은 참으로 많은 의미가 있다. 나를 정의하는 데 불편하고 못난 나로 내 모습을 정의하는 사람은 아무도 없을 것이다. 내가 바라는 나, 되고 싶은 나의 모습으로 나를 정의해주는 것이 당연하다. 중요한 것은 나를 정의하는 데 있어서 내가 원하는 모습에 한계를 두지 말아야 한다는 것이다. 정의의 기준도 남이 아닌, 나 자신이 되어야 한다. 남이 원하는 내가 아니라, 내가 원하는 내가 되어야 한다는 말이다. 나에 대한 올바른 정의는 기준점이 나 자신으로부터 출발한다. 우리의 모든 불편과 좌절의 이유를 찾아보면, 대부분 그 기준점이 외부에 집중됐기 때문이라는 생각이 든다. 남이 원하고 바라는 모습을 내가 원하고 바라는 모습으로 착각하고 열심히 살아가면, 잘못 접어든 길로 전력을 다해 달려가는 것과 같다. 목적지와는 반대의 방향으로 더 빨리, 더 멀리 가고 있는 셈이 된다. 그것은 소중한 시간과 돈 낭비가 되기 마련이다. 앞 장에서 버나드 쇼의 묘비명을 언급한 적이 있다. 그는 모두가 인정한 소설가이자, 비평가다. 하지만 그는 생의 마지막에서 자신이 원하는 삶을 살지 못한 것에 대한 후회를 묘비명으로 남겼다. 그의 삶은 누가 봐도 성공한 자의 삶이었으나, 그런 그가 마지막 순간에 그 말을 묘비명으로까지 남겨뒀다는 것은 엄청난 깨달음과 지혜의 메시지라고 할 수 있다.

그가 조금만 더 일찍 마음의 소리에 귀를 기울였다면 절대 쓰지 않았을 묘비명이란 생각이 든다. '나는 알았지. 오래 살다 보면 이런 날이 올 것이라는 걸'이라는 묘비명은 '잘 살았다. 내가 나를 인정한다'로 바꿔 쓰지 않았을까. 중요한 것은 나 자신이다. 아무리 세상이 원하는 삶이 있다고 하더라도 그것이 내가 원하고 바라는 삶과 일치하지 않는다면, 과감히 내려놓아야 한다. 세상이 만들어놓은 틀에서 소소한 행복을 줍는 행위는 옳지 않다. 내가 누리고 얻을 커다란 기회와 운에 집중해야 한다. 소소한 행복의 사탕발림에 현혹되어 소탐대실(小貪大失)하는 삶이 되지 않도록 최선을 다해 자신에게 집중해야 할 것이다.

나는 나를 사랑한다. 내 삶을 사랑하고, 삶이 가져다준 고난과 시련 또한 사랑하게 됐다. 시련은 변형된 축복이었음을 알게 됐다. 나는 오늘 처음 만나는 나와 사랑에 빠지는 상상으로 하루를 시작한다. 거울 속의 나에게도 인사를 건네며, 나는 소중하고 특별한 멋진 사람이라고 말해준다. 나의 하루는 오늘 처음 만나는 나에게 인사를 건네는 일로 시작된다. 오늘도 나는 처음 만난 나를 내가 좋아하는 공간에 머물게 할 것이고, 나에게 좋아하는 차와 음식을 대접할 것이며, 독서로 나의 영혼을 깨워줄 것이다. 모든 것의 중심은 오늘 처음 만나는 나이기 때문이다.

이제부터 나는 나로 살기로 했다

제1판 1쇄 2024년 3월 20일

지은이   이미경
펴낸이   한성주
펴낸곳   ㈜두드림미디어
책임편집 김가현, 배성분
디자인   얼앤똘비악(earl_tolbiac@naver.com)

㈜두드림미디어
등록   2015년 3월 25일(제2022-000009호)
주소   서울시 강서구 공항대로 219, 620호, 621호
전화   02)333-3577
팩스   02)6455-3477
이메일   dodreamedia@naver.com(원고 투고 및 출판 관련 문의)
카페   https://cafe.naver.com/dodreamedia

ISBN   979-11-93210-60-4 (03810)